EL AMERICANO

Jeffrey Lawrence

El americano

CHATOS INHUMANOS

El americano
Primera edición de Chatos Inhumanos, Nueva York, xxxx 2024

© Jeffrey Lawrence, 2024
© Chatos Inhumanos
Nueva York
www.chatosinhumanos.com

Ilustración de portada: Daniel Bolívar
Diseño: Rafael Gómez
Corrección: Sara Cordón
Fecha de impresión: Marzo de 2024 en Aleph Impresiones S.R.L., Lima
ISBN: 978-0-9987443-5-3

Prohibida la reproducción parcial o total del texto
y las características gráficas de este libro. Ningún párrafo
de esta edición puede ser reproducido, copiado
o transmitido sin autorización expresa de los editores.

Para Luis Othoniel Rosa,
Y para todas mis demás amistades,
del lado de allá y del lado de acá

Un observador dotado de buen ojo para los tipos nacionales no habría tenido ninguna dificultad para determinar el origen local de este entendido inmaduro, y sin duda ese mismo observador habría podido sentir cierto disfrute cómico ante la perfección casi ideal con que encarnaba el carácter nacional.

Henry James, *El americano*
(Traducción Celia Montolío)

Hace algunos años un amigo mexicano me dijo: con el portugués se llega a la verdad a través de la exageración. Y luego de calentar con dos portentosos ruidos nasales, me enseñó a ser brasileño, recitando una serie de poemas en un acento impecablemente carioca, o más bien lo que yo percibí como un acento carioca, porque en realidad mis capacidades para descifrar los dialectos lusófonos no son lo que deberían ser según mis credenciales académicas. Mi oído para el español, en cambio, es muy bueno. Puedo diferenciar entre el español puertorriqueño, el español cubano, y el español dominicano, y noto la leve distinción entre el acento chilango y los tonos más cantaditos de la gente del norte. En ocasiones, hasta he sabido identificar a un montevideano entre una manga de porteños, para gran placer del uruguayo y mayor molestia de los argentinos, que me juran que los orientales hablan exactamente igual que ellos... sólo un poco más despacio. Pero nunca he podido dominar del todo, como mi amigo, la producción de los sonidos ajenos, y después de varios años he tenido que conformarme con un español misceláneo, un español Univisión picado de entonaciones gringas que irrumpen cada vez que me pongo nervioso. Un español que se arma de verdad solamente cuando me encuentro, como ahora, en el mundo hispano.

Lo cierto es que me encantaría hablar como mexicano, argentino, uruguayo, o incluso boricua. Sin embargo, hay algo en mí, algún demonio de la perversión, que me impulsa hacia el castellano a la vez que rechaza cualquier tipo de afiliación regional. Tengo la sospecha de que si todas las noches me entrenara rezando mis órales o chéveres, lograría adaptarme a *un* ambiente latinoamericano. Pero cualquiera que sea el caso, las palabras de mi amigo mexicano, el del portugués exageradamente melifluo, me vienen a la mente ahora que trato de entender mi decisión de escribir este libro en español, y la verdad es que no encuentro la razón por la cual lo hago. Podría escribir perfectamente bien —remarco el "bien" y no el "perfecto," la frase que procuro traducir es *perfectly capable*— en inglés, y mi español no es, como suele decirse, "nativo". Supongo que los motivos irán revelándose [¿develándose?] a lo largo de esta historia, pero no está mal aventurarme en una primera hipótesis.

Un profesor mío me habló una vez de una narradora francesa que decía que cada vez que comenzaba a escribir una novela intentaba componer el libro que a ella le gustaría leer. Y admito que a mí me molesta que no exista casi ninguna historia personal escrita en español por un angloparlante. Después de las casi diez mil novelas gringas que toman lugar en una Latinoamérica en donde el protagonista ni siquiera sabe pedir un pinche mezcal en buen azteca (o peor aún, *sólo* sabe pedir mezcal en azteca), después de las casi diez mil novelas escritas por hispanohablantes que pasan al inglés para "entrarle" al mercado, hace falta que algún yanqui vaya a contracorriente de las políticas dominantes de la lengua. Me explico. No quiero ser como esos turistas neoyorquinos que se ufanan al hilar dos frases seguidas para hablarle a un mesero andino y luego se refugian en su inglés universal para explicar que todo está mal o que nosotros somos malos o que ustedes son unos maltratados. Si de algo me ha servido estudiar un segundo idioma durante tantos años es para comunicarme con ustedes directamente, eliminando la engañosa muletilla de la traducción. Lo considero mi deber.

Les solicito entonces que dejen de enfilarse a la librería o cafebrería más cercana para hojear novedades de Estados Unidos. No compren más libros de los *beat* o de la generación perdida traducidos al español, y mucho menos esos mismos libros en su idioma original. No por razones sociales ni políticas ni económicas, sino porque simplemente ya está. ¿Hay que emborracharse con dos prostitutas viendo carreras de caballo en los hipódromos más gastados de California para ser norteamericano? ¿Hay que haberse hecho un *trip* de ayahuasca en la zona amazónica para considerarse un auténtico viajero gringo? ¿Se dan cuenta de que en Estados Unidos la gente se burla de Bukowski? ¿Que lo ven como uno de esos pacientes en los anuncios de Viagra al que no se le baja la pinga en cuatro horas, enfermito por haber tragado la sociedad norteamericana de un bocado, no por haber luchado en su contra? Permítanme hacer un poco de propaganda. Este libro, a diferencia de los otros, es intraducible. Y por favor no piensen que me estoy haciendo el whitmaniano. Lo que quiero decir es que este libro no se publicará en inglés. Se va a quedar entre nosotros. No quiero arriesgar mi posición allá, lo mismo que no quiero que ustedes me asocien con esa tradición de arriesgados.

Ahora que me pregunto en qué momento me desvié del camino recto, no puedo sino pensar en mi contacto primordial con el español en mi estado natal de Utah. Las primeras palabras que escuché en la lengua de Cervantes fueron las de un maestro madrileño, el señor Jaramillo, al que le fascinaba confundir a sus pobres estudiantes monolingües de escuela pública. En la segunda prueba oral del séptimo grado, justo después de que un mormón rebelde me ofreciera por primera vez marihuana, el maestro Jaramillo me bajó la nota por haber dicho "cuestiones" en lugar de "preguntas". Pero usted nos preguntó varias veces en clase si "había cuestiones", le protesté en inglés. Él me contestó riéndose: era broma. ¿No sabías que en español "pregunta" significa *question*? Era obvio que no lo sabía, y me dio rabia pensar que nuestro informadísimo profesor nos había mentido. ¿Pero qué le iba a decir? Él era el experto, yo apenas un niño curioso. El resto del semestre fue un infierno constante de intentos y rechazos, de avances lingüísticos por mi parte y de bajas intelectuales y emocionales administradas por ese maestro socarrón que gozaba abiertamente de su papel de mal genio.

En el último año de la secundaria y ya después en la preparatoria, la clase de español se convirtió en algo así como un juego: o una manera de destacarse haciéndose el sabelotodo, o una manera de hacer reír a los demás conjugando verbos que tenían homófonos chistosos, como el pretérito del verbo "poner", que suena mucho a la palabra *pussy* en inglés y provocaba explosiones de risa en los chicos más adelantados en las hormonas. A los quince años me mudé a Irvine, una ciudad mediana del sur de California que queda a ochenta millas de Los Ángeles —la segunda capital mexicana, según se suele decir—. Me gustaría afirmar que me politicé en esos años, que empecé a enterarme de la causa chicana y que me convertí en militante al lado de ellos. Pero las cosas no son tan novelescas. Mi nueva escuela en Irvine se dividía entre blancos y asiáticos, y aunque seguía anotándome en clases de español, el mundo latino me pasó desapercibido. No me imaginaba el destino latinoamericano que me aguardaba, y tampoco me interesaba.

Todo cambiaría después. Pero no quiero adelantarme. Pongamos las cosas en su orden. Lo único que les pido por el momento es que me hagan un pequeño huequito en su biblioteca latinoamericana. Prometo ser breve. Una vez que vuelva a mi vida rutinaria en Estados Unidos todo se va a desvanecer como en un cuento de hadas: el relato, el idioma, el atrevimiento.

México

Llegué a México en abril del 2003, cuatro semanas después del estallido de la guerra contra Irak. El viaje formó parte de lo que en Inglaterra se llama el *gap year*, un año libre que se toma entre la preparatoria y la universidad para trabajar o para ir de joda. En mi caso, sin embargo, las razones no habían sido puramente electivas: a causa de algunas malas notas y una carta vanguardista que mandé a las universidades a las que había solicitado, no me aceptaron en ningún sitio. Mientras muchos de mis amigos se encaminaban a UCLA, a San Diego, o a algunas de las Ivy Leagues, yo pasaba por una especie de desgracia temporal, viviendo con mis padres, trabajando de camarero en un restaurante cerca de mi casa, y rehaciendo todo el papeleo que requieren las prestigiosas universidades norteamericanas. Cuando en febrero me avisaron que me habían aceptado en Amherst, un *liberal arts college* en el oeste de Massachusetts, les dije a mis padres que quería hacer un viaje.

Al principio, todos los caminos parecían llevar a España. ¿No que había estudiado español, primero con el maestro Jaramillo y luego con una anciana española-californiana que nos proyectaba en diapositivas las imponentes estructuras arquitectónicas de la Catedral de Toledo y El Escorial? Pero cuando mis padres se enteraron de las protestas contra la guerra de Irak que se realizaban casi todos los días en Madrid y en Barcelona, empezaron a preocuparse. Detractores ellos mismos de la política de Bush, no deseaban agregar el insulto a la injuria (como decimos en inglés), enviando a su hijo a donde no lo quisieran. En los periódicos indican que hay mucho sentimiento antiamericano en España, me dijo mi mamá, y puede ser peligroso. ¿Por qué no vas a algún lugar más cercano? ¿A México por ejemplo? Ahora me da gracia que mis padres me hayan despachado a México por razones de seguridad, pero en ese entonces no lo pensé dos veces. Quería escaparme, hacer algo, cambiar como fuera mi trayectoria personal. Al cabo de unos días encontré por internet una escuela de inmersión lingüística en Guanajuato, una pequeña ciudad colonial en el centro del país. Como regalo por las buenas de que me hubieran aceptado en Amherst, mis papás me dijeron que cubrirían la mayoría de los costos del viaje.

En el Aeropuerto del Bajío, a dos horas de la ciudad capital de Guanajuato, me vino a buscar un señor con una placa que llevaba mi nombre. Me saludó con un apretón de manos y luego me llevó a un coche compacto estacionado justo fuera de la terminal. Durante el trayecto, me hablaba sobre Guanajuato a un ritmo que seguramente le era natural pero que a mí me sonaba a una pura chorreada de vocales y consonantes cortadas. Creo que dijo algo sobre una ruta de plata, creo que dijo algo sobre Miguel Hidalgo, pronunció en algún momento las palabras "minas", "indios" y "colonia", no sé si con intención de hacer una crítica o una precisión histórica. Me surgió una tristeza que rápidamente se convirtió en desesperación. Yo había estudiado español durante años y no entendía la mitad de lo que me decían. Cuando terminó de hablar, le dije, por decir algo: me gusta mucho México, el clima es bueno.

Arribamos a Guanajuato de noche, y lo que más recuerdo de esa primera llegada son las luces, miles de luces que recorrían los cerros alzados por todos los costados de la ciudad. Al lado de la glorieta que marcaba la entrada al centro, había un letrero en donde se leía «Guanajuato, Ciudad Patrimonio Cultural de la Humanidad» (la lectura era más fácil que la comprensión auditiva para mí). Más tarde me contaron que, con el fin de preservar la antigua fisonomía de la ciudad, el gobierno local había decretado hacía décadas que no se podía hacer ninguna reforma estructural a los edificios. Y en efecto, a medida que avanzábamos por las angostas calles empedradas, dejando atrás las achaparradas casas de ladrillo, no resultaba difícil imaginarme en un verdadero ambiente colonial. Esa sensación se multiplicó en cuanto nos acercamos a la plaza central, bordeada por una iglesia barroca con una hermosa fachada churrigueresca (no fueron totalmente en vano las clases sobre arte español). Este es el Templo San Diego, me indicó el chofer, y del otro lado está el Jardín de la Unión. Como era sábado, había una gran multitud en las calles, caminando por las veredas, conversando en los patios de los restaurantes, juntándose en las plazas. En los últimos años, esos lugares se han ido llenando de militares y policías federales. Pero en aquel entonces no se veía nada de eso. Parecía un pequeño mundo aparte, congelado en el tiempo.

Estacionamos detrás del Teatro Juárez (otro edificio majestuoso, pero de construcción más moderna) y bajamos del coche. El chofer me dijo que había que subir por varios callejones para llegar a la casa donde me hospedaba. Agarró la maleta más pesada y empezó a ascender por una estrecha vía peatonal. Al rato se volteó. Como ves, Guanajuato es una ciudad chiquita, pero tiene sus cosas: mucho estudiante, mucha chica linda, mucho gringo. Yo todavía intentaba comprobar que lo había oído bien cuando notó mi cara de sorprendido. Es que aquí los mexicanos les decimos gringos a los americanos, explicó, no es nada despectivo [*despectivo, despectivo*, buscaba la palabra en mi mente]. Por ejemplo, tengo un primo en Estados Unidos, él vive en Arizona y tiene una esposa americana, y cuando mis sobrinos vienen a Guanajuato mis hijos los llaman gringos y güeros [*güeros, güeros*, buscaba la palabra en mi mente]. Es simplemente un modo de decir. Entiendo, le dije, otra vez por decir algo.

Zigzagueamos por distintos callejones de piedra y finalmente llegamos a una casa azul. Golpeamos la puerta, y cuando vi que alguien se asomaba por la ventana, le dije al chofer que no hacía falta que esperara (no es necesario para ti esperar). Me tendió la mano, aceptó la propina que le di en dólares, y me deseó buena suerte. Un par de segundos después, la señora de la casa, una mujer rellenita que rondaba los cuarenta, me abrió la puerta. Hola, Jeff, me dijo, bienvenido. ¿Hablas algo de español? Formuló la pregunta lentamente, con ternura. Sí, le respondí, o no sé, estoy aprendiendo. Muy bien, dijo, pásale pues. Me llamo Gloria. Te enseño tu cuarto. Me condujo por un pasillo estrecho y franqueamos una puerta de madera. Dentro de la habitación se encontraba lo básico: una cama doble, un armario, un pequeño escritorio, una silla de mimbre. Me dijo que el baño estaba atrás y que tenía toda la planta baja a mi disposición porque la cocina, la sala, y las demás habitaciones estaban en el piso de arriba. Me preguntó si gustaba comer algo [¿gustar como verbo transitivo?]. Le contesté, creyendo haber comprendido la pregunta, que ya había comido en el avión. Buenas noches, entonces, me dijo. Buenas noches, le respondí.

Los primeros días transcurrieron con una rapidez insólita. Por las mañanas, desayunaba huevos fritos y tortillas con Gloria y su marido Mario y luego salía a pie para la escuela de idiomas, que estaba a quince minutos de la casa. Los maestros eran todos mexicanos, los estudiantes una mezcla de europeos y gringos (esa palabra me saldría cada vez más). Apenas llegados a la escuela, el director nos dio una prueba de nivel, y luego nos repartió en uno de tres grupos: principiante, intermedio, y avanzando. A mí me tocó el grupo intermedio, pero cuando descubrieron el primer día que el nivel de mi español escrito superaba por mucho el de los otros estudiantes, me cambiaron a la clase avanzada. El nuevo maestro era un hombre simpático y tranquilo, que explicaba las cosas con detenimiento y exactitud sin dejar de ostentar cierta picardía. Cada mañana, nos conducía por una serie de ejercicios lingüísticos que iban de conjugaciones verbales a canciones de Shakira ("Estoy aquí") y Juanes ("A dios le pido"). Después de la clase, todos los estudiantes de nivel intermedio y avanzado íbamos a comer con él en uno de los restaurantes del centro, donde hablábamos un español lento y trabajoso. Yo pedía sin falta las enchiladas mineras, especialidad de la casa. Luego volvíamos a la escuela para los talleres de "conversación y cultura hispana", una categoría expansiva que abarcaba desde el estilo de vestir de la reina Isabel hasta la visita reciente que había hecho el presidente Vicente Fox, hijo predilecto del estado de Guanajuato y también (y aquí el maestro habló en una voz más baja) un gran hijo de puta. Por las noches llegaba cansadísimo a casa, pero aun así dedicaba por lo menos una hora a las tareas optativas que nos habían asignado en la escuela. Fuera de la casa, pasé la mayoría de mi tiempo esforzándome en escuchar, tratando de afinar los oídos a un habla cotidiana que siempre estaba un poco más allá de mis capacidades cognitivas.

Creo que fue el cuarto o el quinto día cuando conocí a Víctor, un guanajuatense flaco que nunca había salido de México pero que, según supe luego, tenía amigos, amantes y exnovias desparramados por el mundo. Trabajaba de noche como anfitrión en un bar de salsa llamado La Habana, y de día circulaba por el Jardín de la Unión repartiendo volantes y haciendo promoción. Tenía una gran facilidad para hacer sentir bien a la gente, utilizando una técnica refinada de bromas, halagos, y gestos cariñosos. Esa tarde, en el tiempo libre después de la comida, yo estaba paseando con una nueva amiga de la escuela, Alexis, cuando Víctor la vio desde el otro lado del Jardín. Al alcanzarnos, la abrazó y besó con afectación deliberada. Víctor, te presento a mi amigo Jeff, dijo ella al salir del estrujón y, en lugar de decirme "mucho gusto" o "encantado" Víctor me palmeó la espalda y me gritó: ¡Qué pasooó, güey! Alexis me contó en inglés que Víctor la había sacado a bailar hace un par de noches y que había sido un maestro excelente en cuanto a los pasos de la salsa y una influencia bastante peligrosa en cuanto al tequila. Víctor se rio y dijo que ambos eran elementos imprescindibles para aprender a bailar. Al cabo de un rato Alexis se despidió, y antes de que yo pudiera hacer lo mismo, Víctor me agarró del brazo y me dijo que estaba enamorado. Me miró a los ojos con una fijeza desconcertante. Cabrón, Jeff —te llamabas Jeff, ¿verdad?— me tienes que ayudar con esa güera.

Ese mismo día, al salir del taller de cultura, entré en una de las pocas librerías que había por el centro, y busqué un libro que me había recomendado el profesor: *El laberinto de la soledad* de Octavio Paz. Empecé a leerlo en casa, apuntando en un viejo cuaderno de rayas las palabras que no conocía (*pachuco, facciones, recogerse, otomíes, precortesianas, rasgos*) para buscarlas luego en el pesado diccionario Español-Inglés de Larousse que había traído de California. Cada dos o tres días enviaba un correo electrónico largo a mi madre, donde le traducía fragmentos del texto de Paz con la mayor fidelidad posible. «En todos lados el hombre está solo», le puse en uno de los primeros correos, «Pero la soledad del mexicano, bajo la gran noche de piedra de la Altiplanicie, poblada todavía de dioses insaciables, es diversa a la del norteamericano, extraviado en un mundo abstracto de máquinas, conciudadanos y preceptos morales». Bonita frase, me respondió mi madre, ¿te sientes muy solo allá? Un poco, sí, le contesté, pero no sé si al estilo norteamericano o al estilo mexicano.

Apenas comenzado el libro de Paz, no pude dejar de buscar en las calles de Guanajuato la quintaesencia del ser nacional. Lo que conseguí, en cambio, fue la amistad de Víctor. Lo supe un día en que hablábamos en la calle frente al Jardín de la Unión. Llevábamos un buen rato allí con Juan, un tipo alto y taciturno que respondía al diluvio verbal de Víctor con risas y monosílabos. De repente Víctor me preguntó: ¿Quieres ir con nosotros al festival de Querétaro? Le inquirí en dónde quedaba Querétaro. Pos, allá pal sur, dijo, aparentando, aunque no lo podía saber yo en el momento, su mejor acento rulfiano. Nos vamos a juntar el sábado a las 14:00 en las escaleras del Teatro Juárez, continuó. Te doy el número de mi celular y me marcas el sábado, ¿sale? Bien, le contesté, te llamo el sábado entonces. ¡No mames, güey! exclamó con horror fingido. ¡Tienes que pronunciar bien la doble ele! Sé que soy muy guapo, pero no quiero que me ames tanto. Juan soltó una carcajada. Víctor le apuntó con el dedo: ¿Ves lo que está pensando ese pendejo? Entiendo, entiendo, le aseguré. Te *marco* el sábado.

Confirmamos los planes el sábado por la mañana, y llegué al Teatro Juárez a las 13:50. Acto seguido le mandé un mensaje de texto a Víctor: *Estoy en las escaleras del Teatro Juárez. Te espero aquí.* Media hora después, me llegó su respuesta: *Estoy saliendo de casa. Me voy a tardar un ratito.* No pasa nada, pensé, mucha gente me ha dicho ya que los mexicanos llegan tarde. Pero Víctor tenía otro concepto de lo que significa tardarse. Pasaron casi dos horas antes de que volviera a escribir. Mientras tanto, le envié dos mensajes para averiguar dónde estaba, y un tercero en que intentaba expresar mi enojo: *Ya vienes, cabrón? Paso horas esperando.* A las 15:45 llegó otro mensaje de él: *Disculpa. Vengo ahorita.* A eso de las 16:30 lo vi de lejos, caminando hacia el teatro entre Juan y una chica mexicana que ya había visto por el centro: flaca, bella, de pelo castaño con highlights. Te presento a Julia, me dijo Víctor, sin volver a disculparse ni explicar por qué se había atrasado tanto. Le di a Julia un beso en la mejilla, y Juan me hizo un breve saludo con la mano. Vámonos, dijo Víctor, se nos está haciendo tarde. Querétaro queda a 125 kilómetros y nos demoramos más de dos horas en llegar.

Una vez llegados a Querétaro, encontramos estacionamiento en un polvoroso descampado al lado de una gran explanada repleta de puestos de comida, juegos mecánicos, y hombres ensombrerados con botas de cuero. Víctor me explicó que el gran atractivo del festival era la corrida de toros, pero que los boletos para el estadio salían bastante caros, y él siempre se había contentado con asistir a los espectáculos menores que se encontraban en la explanada. Compramos dos cervezas de litro en el primer puesto que vimos, y luego anduvimos culebreando por las multitudes. Fuimos hasta la plaza de toros, en donde escuchamos los ruidos que emitían los espectadores de la corrida que estaba por empezar. Después volvimos a la explanada y pasamos media hora en los juegos mecánicos. A eso de las 21:00, nos sentamos en un restaurante al aire libre que tenía una pequeña pista de baile en el medio. Después de comer, Víctor llevó a Julia al centro de la pista y empezó a bailar con ella, primero un bolero y luego una salsa. Juan tenía los ojos fijos en ellos y no daba señales de querer hablar, así que los seguimos mirando por un buen rato.

Al principio lo que advertí fue que, por lo menos en la esfera de la danza, Víctor era sumamente profesional. A pesar de mis escasos conocimientos del baile, no se me hizo difícil apreciar la cronometría de sus pisadas ni su capacidad para guiar el cuerpo de Julia, lindo y esbelto, pero visiblemente falto de agilidad. No obstante, a medida que cambiaban las canciones y se rotaban los géneros musicales, creí percibir en el estilo de Víctor algo disimuladamente esquizofrénico, como si cada paso suyo implicara dos fases o dos facetas, una en la que intentara fugarse de su pareja y otra en la que se viera obligado a volver. Como buena muestra de lo antedicho, en cierto momento dio media vuelta, levantó las manos de Julia, y las soltó como si fuera a abandonar la pista, sólo para echarse atrás con el fin de que las manos de ella reposaran en su trasero. Al conseguir su objetivo, volteó y le dirigió una mirada juguetonamente escandalizada. Pero ella sólo sonrió, le dio dos nalgadas ligeras, y subió sus manos otra vez a los hombros de él. Después de dos o tres canciones más, la música se volvió más lenta, ellos aminoraron los pasos, y empezaron a besarse. Lo miré a Juan. Estaba dormitando. Cuando por fin regresaron a la mesa, Víctor me declaró que ya me había dado la primera lección mexicana. Hazte cuenta que el secreto del amor está en los pies, los pasos, las caderas. Qué estereotipos, le interrumpí. ¡Bah, cabrón!, replicó con un gesto de menosprecio, ya verás que los estereotipos nunca fallan. Pero ahora vámonos, que Julia tiene que volver a casa de sus papás. Hasta ese momento, se me figuraba que Julia era más o menos contemporánea a Víctor, pero ahora que me fijaba más detenidamente en ella, notaba que su cara parecía conservar los últimos dejos de la adolescencia. Pensé que tal vez su reticencia se debía más al nerviosismo juvenil que a la altivez que le había atribuido, y eso me hizo sentir una solidaridad repentina con ella. En ese momento se reclinó en Víctor y le dio una pequeña mordedura en la oreja. Juan se levantó. Apuré el último trago de cerveza y nos fuimos.

A veces mi amistad con Víctor parecía otra cosa. El problema no era principalmente la diferencia de edad —él tenía 27 años, yo 19— o de idioma: el nivel de su inglés era más o menos igual al nivel de mi español, lo cual nos permitía cambiar de lengua cuando alguno no se hacía entender. Sospecho que tenía que ver más bien con el hecho de que, a medida que pasaban las semanas, nuestra relación se centraba cada vez más en el intercambio de bienes culturales que en el afecto compartido del uno por el otro. Aquí también fue Víctor el que dio el empujón. Un sábado por la noche, mientras yo conversaba en el Jardín con Alexis y varios otros estudiantes de la escuela, él me apartó del grupo. Oye, Jeff, me dijo en tono confidencial, te voy a proponer algo. Eres alto y gringo, y tienes los ojos claros. Los mexicanos, o más bien las mexicanas, te quieren conocer, y eso se puede aprovechar. Haremos entonces lo siguiente: Vienes conmigo a repartir volantes unas horas al día aquí en el Jardín y por otros lugares del centro, y a cambio te damos algunas bebidas gratuitas en La Habana. Lo único que tienes que hacer es acercarte a la gente, darle uno de los volantes, y decir: "Te invitamos a La Habana. No hay *cover*". ¿Qué dices, güey? Allí pasa una chica linda. ¿Comienzas ahora?

Comencé. Dos o tres horas cada noche, circulábamos por el Jardín, recorríamos las calles Sopena y Juan González Obregón, entrábamos a los antros cuyos dueños eran amigos de los dueños de La Habana, distribuíamos volantes a la gente. En realidad, el trato también me resultaba beneficioso a mí, porque si bien no recibía una remuneración monetaria de verdad (más allá de esas libaciones alcohólicas), me permitió ensayar distintos modos de construirme en español. Además, fue en unos de esos antros que conocí a Verónica. Recuerdo que el ambiente del antro al que habíamos entrado era espeso: música fuerte, espacios apretados, un humo pegajoso que emanaba de dos máquinas colgadas por encima de la pista de baile. En esas condiciones apenas se podía hablar, y mi "trabajo" se volvía más mecánico: sonreír, ofrecer el volante, y luego pasar a la próxima persona. Hasta que llegué a ella. Ya la había visto varias veces en el centro, caminando al lado de un chico rubio. Era una de esas bellezas que hacen que la gente gire la cabeza para volverla a ver. Ahora le sonreí, y estreché la mano para darle el volante, pero en lugar de tomarlo me tocó el brazo, se aproximó a mi oído, y me preguntó, en un susurro que fue también casi un grito: ¿Cómo te llamas? Honestamente, el resto de la conversación, mantenida por encima de la voz empalagosa de David Bisbal, se me escapa ahora. Sólo recuerdo que hicimos planes para vernos el próximo día en el Jardín.

Al día siguiente, llegué al Jardín un poco antes de la hora que había acordado con Verónica porque quería contarle a Víctor la historia del encuentro. Al sólo escuchar el nombre de Verónica, Víctor soltó un largo silbido:

Ay, chamaco, cuidadito con esa.

No entiendo, le dije. ¿Qué quieres decir?

Nada en particular, sólo que sepas que tiene fama de gringofílica.

Justo en ese momento llegó Verónica, y tras besarnos a los dos, dijo: no sabía que se conocían.

Claro que nos conocemos, dijo Víctor, y guiñándome un ojo, se dirigió a Verónica: cuidadito con este chamaco, que tiene fama de conquistador. Luego hizo un chasquido con los volantes y se fue a hablar con un grupo de extranjeros.

Verónica lo siguió con los ojos sin decir nada. Luego volvió su mirada hacia mí. ¿Cómo estás?

Muy bien, le contesté, y tras una pausa, ¿y tú? En lugar de responder, me tocó el brazo, haciéndome entender que captaba —que aceptaba— los límites de mi capacidad conversacional. Vestía jeans azules con una blusa negra, y tenía el pelo recogido en cola de caballo.

¿Qué se te antoja hacer?, me preguntó. ¿Quieres ir a ver un teatro, un museo?

No sé, respondí, lo que tú quieras.

Pues vamos al museo de Diego Rivera, dijo. Sabes que él es de aquí, ¿verdad? El museo está ubicado en la casa donde nació. Vámonos.

Mientras me pilotaba entre los peatones que deambulaban por las veredas, entablamos un diálogo ameno, casi didáctico. Su forma de conversar tenía algo de lo que la pedagogía denomina *teacher talk*, el habla que se usa para cubrir la brecha entre maestro y aprendiz, o en el caso de los idiomas, entre nativo y extranjero. Pronunciaba bien todas las sílabas, glosaba modismos y palabras difíciles, y se restringía más o menos a un vocabulario básico. Resultaba que el papá de Verónica era médico, como el mío, y que su madre era ama de casa. Me contó que había empezado a estudiar en la Facultad de Odontología en León —y aquí me enseñó una dentadura perfecta— pero había reprobado dos materias en el segundo año y ahora pensaba mudarse a Michoacán para empezar la carrera de nuevo en la Universidad de Morelia. Según ella, su papá no estaba contento con la situación, pero le había dicho que pagaría la matrícula y su estancia en el primer año en Morelia con tal de que aprobara todos sus cursos. Así que tengo dos meses libres antes de irme, me dijo, otra vez tocándome el brazo.

Ingresamos al museo y pagamos la entrada. La planta principal del museo albergaba la antigua casa de la familia de Rivera —camas, armarios, etc.— pero como no había rótulos en las paredes y no vimos ningún otro tipo de información, pasamos rápidamente al segundo piso, en donde se encontraba la mayor parte de los cuadros de Diego. Hazte cuenta que Rivera era un hombre excéntrico, me comentó Verónica cuando entramos al salón de los retratos, y también un mujeriego, o sea, se acostaba con muchas chicas. Las seducía mientras le ayudaban a mixturar las pinturas. Seguramente habrás escuchado de su esposa Frida Kahlo —ella indicó un desnudo de Frida saliendo de la tina— quedó discapacitada por un accidente de tranvía. Aun así, ella era de lo más guapa, y él de lo más feo. Ella le dio el apodo de "la Rana" por la gran papada que tenía. ¿Papada? pregunté. En lugar de explicarme la palabra, Verónica se aproximó a un autorretrato de Rivera y trazó con el dedo la barbilla inflada del pintor. Demasiadas enchiladas mineras, bromeé. Tal cual, me contestó, con aparente seriedad. Hay que cuidarse.

Finalmente subimos al tercer piso, constituido por dos salas; una pequeña que contenía la obra tardía de Rivera y otra más grande dedicada a una exposición temporal. Yo gravité hacia "Postguerra", un cuadro de Rivera de clara influencia surrealista que mostraba un árbol antropomorfo, o quizás un ser humano arbolizado, con un delgado tallo verde que salía directamente del pecho (o del tronco). Al dar una lectura rápida al rótulo, pensé que quizás ese brotecito verde apuntaba a la regeneración de la cultura occidental después de la Segunda Guerra Mundial, pero luego vi que el cuadro databa de 1942, cuando el resultado de la guerra todavía estaba en duda, y por lo tanto habría que entenderlo más como una representación del *sueño* de ese mundo de posguerra y no como su auténtica realización. Permanecí ahí un rato, absorto en mis pensamientos. Mi abuelo materno, un judío de apellido Rosenblum, se había alistado en el ejército norteamericano justamente en ese año. Se dedicaba a componer musicales patriotas que se interpretaban en el campo de entrenamiento de Nueva Orleans donde lo habían apostado. Nunca vio el combate, pero le habían llegado rumores de prisioneros judío-americanos torturados por los alemanes. Me pregunté si de algún modo esos rumores se habían filtrado a través de sus canciones, la mayoría de ellas, al menos que yo recordaba, alegres y esperanzadoras. Verónica, en cambio, se había fijado en un retrato que hizo Rivera de su primera esposa, Angelica Beloff, una rusa —también judía— que Rivera conoció durante su estancia en París. Beloff poseía una cara severa y ojos empecinados, al menos en el cuadro de Rivera. Verónica dijo que Beloff tuvo un hijo de Rivera que murió en la infancia, y que después él la dejó de la manera más despiadada posible. Hay una novelita muy buena de la escritora Elena Poniatowska sobre esa relación, dijo. Es fácil de comprender, deberías buscarla.

Caminando de vuelta al Jardín de la Unión, barajaba mis opciones para invitarla a salir otra vez. Pensé en pedirle que cenara conmigo al día siguiente, pero impulsivamente, en el momento de despedirnos, le pregunté si tenía planes para esa misma noche.

Por ahora no, me dijo, ¿quieres que nos veamos en La Habana?

Ándale, le contesté, órale, sale y vale.

Se rio. Te veo a la noche entonces.

Llegué a La Habana a las 21:00 y la encontré sentada en una de las mesas. Como ninguno de los dos bailábamos salsa, pasamos la noche bebiendo cuba libres y mirando bailar a los demás. Aun así, había como un deseo flotante en el lugar que se generaba en la pista de baile y nos alcanzaba a nosotros. Un poco después de la una, terminamos besándonos en uno de los rincones, y luego en el taxi, y luego en mi casa. Por más inverosímil que parezca, no recuerdo si tuvimos relaciones esa noche. Me parece que no. Lo que sí tengo grabada en la mente es una imagen de ella bajo las cobijas, mostrándome sus dientes impecables y hablándome otra vez en voz pedagógica: ven aquí. Acudí.

Llevaba varias semanas saliendo con Verónica. O quizás habría que ser más específico, porque todavía no me quedaban claros los protocolos del *dating* en México. Nos veíamos tres o cuatro veces a la semana y ella se quedaba a dormir en mi casa la mayoría de esas veces. Ahora diría que estábamos juntos, pero cuando por fin tuvimos una conversación para definir lo que éramos o lo que teníamos, me sorprendieron sus palabras. Me parece bien que seamos novios, dijo sentada al borde de la cama, pero te vas en menos de un mes y ahí no espero nada. Conozco demasiado bien esta situación. Me apresuré a asegurarle que ella me gustaba mucho. Ya sé, dijo. Créeme que ya lo sé. Pero tú vas a volver a tu vida de allá, vas a estar preparándote para la universidad, y poco a poco vas a ir olvidándote de todo esto, y también de mí. Eso suena melodramático, dije. Pues así es, contestó. Es que me gustas mucho, le repetí. Ojalá hubiera podido decir más, pero la situación exigía matices lingüísticos que simplemente me excedían.

Bueno, veremos qué pasa, suspiró, y luego me apretó la mano.

La situación se agravó, yo creo, por la codicia. No la codicia de nosotros, o al menos no solamente la de nosotros. Me refiero al hecho de que en Guanajuato los dos éramos demasiado deseados, apetecidos, casi aquilatados. Suena mal que lo diga así, pero así fue. En mi caso, esa codicia no tenía mucho que ver con mis dotes personales. Como me había hecho notar Víctor, yo era un gringo alto con ojos azules, y en Guanajuato eso vendía. Las niñas —y también algunos niños— me miraban en la calle, me tiraban piropos, me decían directamente guapo: eh, guapo, ¿no quieres venir al antro con nosotras? Obviamente, eso le pasaba a todos los que tenían mi perfil, y los comentarios eran aún más directos cuando se trataba de los extranjeros rubios, los verdaderamente güeros. Recuerdo con nitidez el encuentro de un joven mexicano y una mujer estadounidense de la escuela: ella una treintañera de pelo rubio y un sobrepeso notable, él un chico hermosísimo con cuerpo modélico de Dolce e Gabbana. Él se le acerca en el antro y comienza a bailarle, y ella, que con toda probabilidad no había bailado con alguien como él en su vida, empieza a imitar sus gestos. Cuando los volví a ver unos minutos más tarde, se fajaban en medio de la pista. La cara radiante que tenía ella al salir del antro es algo que nunca olvidaré. Era como si hubiera viajado a un universo alternativo donde todos los estigmas de su mundo conocido se hubieran invertido. Ahora hablaría del colonialismo del gusto, la imposición de los ideales occidentales, etc. Pero en ese momento, yo gozaba plenamente de mi recién adquirido encanto.

Verónica, en cambio, era de una hermosura singular. No es que no hubiera deseos exotizantes que la rodearan, claro que los había. Pero ella tenía atributos de belleza que no hubiera negado el propio Aristóteles: facciones simétricas, piel luminosa, un cuerpazo, al decir de los antiguos atenienses. Comoquiera que fuera, el caso es que no podíamos salir por la noche sin que se nos dirigieran ojeadas, cuchicheos, lisonjas. Y cuando nos reuníamos con los estudiantes de la escuela, siempre había alguno que no podía quitar la mirada de Verónica. Me tranquilizaba pensando en lo que me había dicho ella una noche: todo lo tuyo me gusta, aun esta nariz levemente aguileña. Incluso sentía más atracción por ella a causa del deseo mimético. Hasta que una noche se nos interpuso Jakob, un hombre alemán recién llegado a la escuela que tenía el pelo castaño y dos lunares grandes por debajo de sus ojos que parecían agrandarse al sonreír. Me acuerdo de ese detalle porque la primera noche que salimos todos a La Habana, Jakob no dejaba de apuntarle esa sonrisa a Verónica. Lo inesperado para mí, sin embargo, no fue el interés desnudo de él sino el hecho de que ella parecía corresponderle. Tampoco debí haberme sorprendido mucho. La misma noche en que me dijo que le gustaba todo lo mío también me había declarado: prefiero los extranjeros a los mexicanos. ¿Qué quieres que te diga?

Mientras estos pensamientos fluían por mi mente, ellos platicaban y sonreían y sonreían y platicaban. Tuve una ligera sensación de *déjà vu* cuando ella le tocó el brazo en medio de la conversación. En un momento, la llevó a la pista a bailar. Resultó que ella sí bailaba salsa, por lo menos pasablemente. Al volver a nuestro grupo de amigos, me di cuenta de que todos tenían los ojos fijos en la pista. Me deslicé hacia la mesa de Alexis para que la situación no se pusiera incómoda, pero ella miraba la pista de baile igual que los demás. No te preocupes, Jeff, me dijo en inglés, con más cariño que convicción. No es nada. Asentí con la cabeza. Después de media hora, terminaron de bailar, y siguieron hablando cerca del bar. Me voy, le dije bruscamente a Alexis. Me fui.

No volví a hablar con Verónica durante varios días. Sabía que lo que había "acontecido" era tan genérico que asignarle mucha importancia sería de algún modo caer en el dramatismo, si no en la mera vanidad. Sin embargo, todo lo que tenía que ver con el ambiente estaba empapado de drama, y no pude evitar la tentación de plegarme al espectáculo. Llamé a mi madre y le pedí consejos, y luego me arrepentí de haberle pedido consejos a mi mamá. En el desayuno, Gloria evidentemente me notaba triste, porque me comentó que todos los extranjeros sufrían muchos altibajos en los primeros meses.

Víctor aplicó una medida más directa. Cabrón, dijo, ya te advertí que no te fiaras de ella. Es caprichosa. Se va a cansar de ti más temprano que tarde. Circulábamos por el Jardín, y yo distribuía los volantes con el ánimo evidentemente caído. Escúchame, amigo, si metes más ganas a tu trabajo ya verás que hay muchas otras chavas en esta ciudad. Esas, por ejemplo —señaló con la cabeza a tres chicas que parecían de mi edad—. Vamos, tú les hablas primero.

Cuando por fin me encontré con Verónica en el centro tres o cuatro días más tarde, le di un beso escueto en la mejilla.

¿Qué te pasa? me preguntó exasperada.

Nada, le contesté.

¿Y por qué te fuiste tan rápido el sábado, entonces?

Creí que no diste cuenta [todavía no dominaba bien lo reflexivo]

Ay, niño, no seas tan niño.

Tengo 19 años, ¿qué esperas de mí?

Pues que seas todo un hombrecito.

Muy bien, le contesté. Y luego tratando de desviar la conversación: ¿cenamos esta noche? Sale, me respondió, pero ya hice planes para ir a Grill con Jakob y algunos otros amigos más tarde por la noche. ¿Cenamos y luego vamos juntos? Vacilé. Bueno, está bien. Le di un beso en la boca y me fui.

Esa noche llegamos a Grill borrachos, o al menos yo. Habíamos cenado en uno de los restaurantes de la Plaza San Fernando, y yo había bebido como cuatro o cinco tequilas. En el antro la música estaba altísima. El edificio tenía dos pisos, y Jakob y los otros amigos de Verónica estaban agrupados alrededor de las escaleras que conectaban la planta baja con la de arriba. Voy por bebidas, le dije a Verónica, y me desprendí de ella para ir a la barra. Desde allí, la vi unirse al grupo. Tras comprar los tragos —un gin tonic para ella, un whisky con coca para mí— caminé lentamente hacia ellos. Me puse a platicar con dos amigas gringas de Verónica. Sabía por Verónica que no me consideraban un buen partido: le decían que yo era demasiado joven y no muy atractivo (¿cómo me vas a contar eso?, le dije cuando me lo dijo Verónica). Pero igual me caían bien. Su humor ácido me recordaba al de mis compañeros de la preparatoria.

De tanto en tanto, yo miraba por el rabillo del ojo a Jakob, y de repente me di cuenta de que estaba tan nervioso como yo. Unos veinte minutos más tarde, vino hacia mí y me dijo en inglés, ¿Puedo hablar contigo un segundo? Subimos las escaleras y allí me pidió, literalmente a gritos porque no le quedaba otra opción, que le disculpara. He oído rumores de que creías que te estaba robando la novia, dijo. No era mi intención, pero de todos modos te quería pedir perdón porque a lo mejor parecía así. Esperé un momento para ver si iba a seguir, pero no dijo más. Gracias, contesté al final, está bien. Me gustaría haber dicho otra cosa. Por ejemplo, que no se trataba de robarle nada a nadie, ya que Verónica tenía su propio albedrío. Por ejemplo, que justamente en ese instante me había dado cuenta de que lo que más me molestaba de la situación era su pretendida galantería, como si hubiera hecho grandes sacrificios para no faltarme el respeto. En realidad, ya había articulado esas ideas mentalmente, pero como me pasa con frecuencia es esas situaciones, en inglés igual que en español, mi cuerpo no obedeció a mi cerebro y mi lengua le falló a mis pensamientos. Así que regresamos al grupo sin intercambiar más palabra.

    Verónica y yo nos fuimos temprano esa noche y tomamos un taxi a mi casa. Ya en mi cuarto, le conté lo que Jakob me había dicho en el antro. Ay, Jeff, prorrumpió, con razón que ni siquiera me dirigió una palabra en toda la noche. De seguro que te vio así todo llorón y no tuvo más remedio que pedirte perdón. Mis amigas me advirtieron desde el principio que eras un hombre inmaduro. No les hice caso, pero de repente se me hace que tenían razón. Su comentario me tocó en donde más me dolía, y sentí que la cólera me subía como si fuera una inflamación. Por favor, Verónica, le contesté, no seas pendeja.

    Apenas salió la palabra me di cuenta de que había cometido un error. Era el tipo de frase que Víctor hubiera dicho, que él había dicho varias veces a sus amigos. Pero lo había dicho en otro contexto. Verónica tardó unos segundos en responder, como si estuviera sopesando la totalidad de nuestra historia. Nunca nadie me ha dicho esa palabra, sentenció al final. Me han dicho muchas cosas, pero esa palabra no. Quedó pensativa durante unos segundos, y luego volvió a hablar. Me parece que sabes muy poco de mi vida. ¿Entiendes lo difícil que es para mí hacer amigos? ¿Te acuerdas de ese güero europeo que conociste alguna vez en Grill? Estuvimos un buen rato como amigos, y luego me dijo que quería conmigo. Tu amigo Víctor, que seguramente te habla pestes de mí, también quería conmigo. A Jakob lo vi simpático, nada más, pero luego tú te tienes que convertir en el pinche gringo celoso, y ya ni siquiera puedo platicar con él. Dios santo, exhaló, es que nunca voy a tener amigos hombres. Le brillaba una sola lágrima en el ojo izquierdo, pero mantuvo la cara en calma.

¿Qué podía decirle? ¿Que había intentado comunicar mi enojo a través de cierto estilo de humor, produciendo una versión espontánea del dicho americano *Don't be a dick*? ¿Que me costaba apreciar la gravedad de ciertas groserías en español, dado que no me producían el mismo efecto visceral que le proporcionaban a los hispanohablantes? Intuía que esas explicaciones lingüísticas no me iban a servir, y le dije simplemente que me perdonara. Luego traté de besarla, pero me cortó el gesto: no me toques. De repente me surgió una solución telenovelera (en efecto, creo que lo que dije a continuación fue un calco exacto de algo que había escuchado en una telenovela). Te quiero, Verónica, dije, pido que me perdones porque te quiero. Me miró entre agradada y desconfiada. No sé, Jeff, tengo que pensarlo todo. Pero ahora quiero dormir. Buenas noches.

En los siguientes días nuestra relación se estabilizó. Yo había dejado la escuela para pasar mi última semana con Verónica, y poco a poco me alejaba del mundo de los estudiantes extranjeros. Alexis había vuelto a Tejas y varios amigos se fueron yendo durante los casi dos meses que pasé en la escuela. Seguí quedándome con Gloria y Mario, pero empecé a frecuentar la casa de Verónica. Conocí a su familia, y me adapté un poco más a su rutina. Mi español había mejorado con creces: entendía casi todo lo que me decían, incluso había adquirido un leve acento mexicano. Pasé de Paz a Rulfo, y ahí me enfrenté con un reto que me venció, al menos en ese momento. Pero estaba animado, sentía como un colocón lingüístico-cultural que no se me quitaba.

El último sábado de mi viaje, Verónica y yo bajábamos de mi casa al centro para cenar cuando dimos con un tapón de gente en el callejón Constancia. Alrededor de cincuenta personas se apiñaban entre las dos paredes estrechas. Había un aire festivo: tomaban cerveza, vino, y otro tipo de bebida que echaban a unos pequeños recipientes. ¿Qué hacen? le pregunté a Verónica. Me señaló seis tipos que llevaban instrumentos y una vestimenta que parecía del siglo de oro. Es la estudiantina, dijo, son unos músicos que andan por los callejones, cantando música tradicional y haciendo chistes. Aquí se les llama callejoneadas. En general tienes que pagar, pero vamos a ver si podemos unirnos sin que se den cuenta. En ese momento, el líder de los músicos —el tuno, según lo que me contaría después Verónica— gritó: vamos a pasar al próximo callejón. Vénganse… o mejor acompáñenme. Los espectadores se rieron y comenzaron a seguirle. Nos colamos. En cierto momento, el tuno se volteó y se fijó en mí: ay, qué muñeco. *You speak Spanish, yes?* Ah, bueno, entonces puedes ser mi novio. Verónica se rio, el tuno volvió al frente de la fila y los músicos empezaron a tocar.

Llegamos a una pequeña placita, y allí el tuno, que se presentó como El Gordete Joaquín, separó a los hombres de las mujeres. Ahora todos los hombres conmigo, gritó El Gordete, les vamos a preparar una sorpresa a estas señoritas y damas. Me despedí de Verónica y bajé con los otros hombres por un callejón inclinado. ¿Estamos todas… las personas? dijo El Gordete. Los hombres se carcajearon. Luego nos llevó a un vendedor de flores que, según El Gordete, nos facilitaría una rosa por el muy antiguo y muy excelente precio de dos escudos con ocho reales, o faltando esas denominaciones, diez pesos mexicanos. Compré una para Verónica. Mientras tanto, El Gordete Joaquín se dirigió a otro extranjero del grupo.

Where are you from?, le preguntó.

Canada, contestó el extranjero en inglés.

El Gordete me buscó a mí: *And you?*

Estados Unidos, respondí.

Ay, Esthados Unidos, repitió, agudizando la voz con clara intención de afeminarla. ¿Y cuál es tu nombre?

Jeff.

Bien, pues Jeff te voy a regalar una rosa a ti, pero primero me tienes que dar un besito.

Los demás hombres empezaron a corear: ¡Beso! ¡Beso! ¡Beso! El Gordete Joaquín se me acercó, hizo como si me fuera a besar, y en el último momento esquivó la cara. No, no es cierto, se mofó, no lo mereces. Los hombres abuchearon: ¡Buuuuuu! Cuando por fin se calmaron, El Gordete nos hizo aprender un juramento de amor que luego tendríamos que repetir a nuestras "chicas". Era de una cursilería intencionada que, a pesar mío, me hizo pensar en algunas de las cosas que ya le había dicho a Verónica. Al integrarnos otra vez con las mujeres, nos pusimos de rodillas e hicimos el juramento. Cuando terminamos fui a donde Verónica y le entregué la rosa. La vi extrañamente afectada, como si ese ejercicio simulado le hubiera hecho desconfiar de nuevo de las palabras reales que habíamos intercambiado en esos días. A ver si te acuerdas de esas promesas cuando vuelvas para Estados Unidos, dijo. Antes de que le pudiera contestar, El Gordete Joaquín interrumpió con otro grito: ahora vamos a la Plaza de Los Ángeles para que escuchen la trágica historia del callejón del beso. Los que quieran otra cerveza, vengan conmigo. Los que valgan madre, váyanse a la plaza. Le siguió un jajaja colectivo.

    Nosotros optamos por valorarnos en madre, es decir por ir a la plaza, y tras un par de minutos, El Gordete llegó con el resto de la estudiantina. Empezó a relatar la leyenda del callejón del beso, una historia de amor contrariado en la época colonial entre un joven minero y una rica muchacha española que vivían en la misma calle, tan cercano el balcón de esta al balcón de aquel que se podían besar. La historia era una especie de Romeo y Julieta mexicano, con la diferencia de que el Romeo de esta versión era criollo e indigente, lo cual le daba un leve toque anticolonial. El Gordete eligió a varias personas del público para interpretar los personajes de la historia, y cuando llegó al desenlace —el padre de la muchacha se enfada tanto con ese enamoramiento contra clase y estirpe que resuelve apuñalarlos a los dos— pidió que alguno de los espectadores desempeñaran el "papel" del puñal. A ver, dijo, ¿dónde está nuestro amigo Jeff? *Where are you my friend?* Brotó otra vez el coro de los hombres: ¡Jeff! ¡Jeff! ¡Jeff! Descendí al escenario e hice del puñal, agachando la cabeza para dar la embestida a la mal hadada señorita española. Cuando intenté incorporarme, El Gordete me ordenó que permaneciera agachado, primero en español, y luego en inglés (*stay down*, pinche Jeff, *stay down*), con un suspiro melodramático que dio aún más risa al público. Allí abajo, con el mundo volteado de cabeza, sabía que me estaba poniendo en el lugar del gringo bufón, pero en esta circunstancia lo disfruté. En la vida cotidiana, cada acto o palabra que delataba mi incomprensión del español me hacía entrar en crisis. Pero ahora El Gordete había escenificado mi torpeza comunicacional como parte del espectáculo. Sin duda se burlaba de mí. Pero al mismo tiempo me hizo sentir —no sé de qué otra forma decirlo— valorado.

Cuando terminó la historia, todos aplaudieron, y El Gordete pidió a los espectadores una colaboración monetaria. Me acerqué con la intención de agradecerle por haberme incluido en la obra, aun de forma burlesca, pero un círculo de gente ya se había formado alrededor de él y sólo me atreví a pasarle un billete de veinte pesos. Me dio una nalgada y dijo, sin salir del personaje: muchas gracias, Jeff, *and don't forget that I love you.*

Verónica me esperaba en la banca. ¿Y ahora quién es el que está ligando con los demás?, me dijo.

¿Ligando? le inquirí.

Coqueteando, flirteando, como quieras que se le llame.

¿Te parece que estaba coqueteando?, le pregunté, haciendo un esfuerzo para no ostentar una actitud defensiva. Pensé que me estaba prestando al espectáculo.

Se ve que te prestaste a mucho, respondió.

La miré. ¿Te molesta que un hombre me encuentre atractivo?, le pregunté.

No, dijo, me molesta que hayas dejado que un hombre te toque las pompis. De repente alteró su tono. No quiero que me malentiendas, Jeff. Si tienes esas tendencias, no soy quién para juzgarte.

¿Quieres que te dé una prueba de mi hombría?, le pregunté, tratando de infundir la conversación con algo de humor, vayamos ahora mismo al... callejón del beso. Te doy el beso más largo que te hayan dado jamás.

Órale Jeff, se rio, pero ya sabes que puedes confiar en mí.

Okay, Verónica, le suspiré, pero creo que en el espectro de la sexualidad me inclino más por las mujeres.

Bueno, contestó, como si realmente hubiéramos resuelto algo. Me dices si en algún momento eso cambia.

Los últimos días de mi estancia en México se llenaron de comidas. El lunes, Gloria y Mario me hicieron una fiesta de despedida con tacos, cerveza y tequila. El martes, la madre de Verónica me preparó una comida de enchiladas mineras con postre de esponjado de tamarindo. El miércoles, Víctor me invitó a cenar a su casa en las afueras de la ciudad. El viaje en camión duró más de media hora, y al bajar en la parada que Víctor me había indicado, me encontré con un descampado literalmente lleno de basura. Esta vez él llegó puntual, y me llevó por un barrio escuálido hasta una casa baja y gris donde él vivía con su madre y sus tres hermanos menores. La comida estaba rica, pero me resultaba casi imposible hablar con la madre de Víctor porque no daba abasto con los tres niños hambrientos. En cierto momento, uno fue expulsado de la mesa por meter un pedazo de zanahoria dentro de la playera del otro, y el otro no dejaba de maullar que tenía fobia a las cosas anaranjadas. Al terminar la cena, Víctor me acompañó de vuelta a la parada de autobús. Se disculpó por "toda la lata" en su casa, me deseó suerte en la universidad, y me dijo que le avisara cuando volviera a Guanajuato. Luego me dio un papelito con su correo electrónico y nos abrazamos. Nunca más lo vi.

Verónica y yo habíamos decidido seguir con la relación a larga distancia. Ya había buscado en internet un boleto para visitarla en Morelia durante las vacaciones escolares, y ella prometió visitarme en Massachusetts al año siguiente. El jueves, el día de mi vuelo a California, ella vino conmigo en el taxi al aeropuerto de León. En el trayecto, los dos llorábamos discretamente. Nos despedimos en la puerta de la terminal con un beso y un largo abrazo, y luego fui a facturar mi equipaje. Al abrir mi mochila en el avión, encontré una foto suya que había metido en el libro de Rulfo. En el dorso ella había escrito: te amaré para siempre. Verónica.

Verónica y yo permanecimos juntos un año y medio. En el otoño del 2003, entré a la universidad y me dediqué a estudiar literatura hispánica. Compré una cámara digital, y hablaba con Verónica por AOL Instant Messenger varias veces por semana. En octubre, en medio de un pleito, me mandó una foto por email de ella con Jakob. Él lucía la misma sonrisa lunareja de siempre y tenía su mano puesta ligeramente en la cadera izquierda de Verónica. Le contesté con un mail de cuatro páginas en que enumeraba todos los puntos en que me había faltado el respeto. En noviembre, en mi primer curso universitario de literatura en español, leímos *Querido Diego, Te Abraza Quiela* de Poniatowska. Terminé identificándome más con Angelina Beloff que con Diego Rivera. Anoté un fragmento de una carta de la pintora rusa («Mira Diego, durante tantos años que estuvimos juntos, mi carácter, mis hábitos, en resumen, todo mi ser sufrió una modificación completa: me mexicanicé terriblemente») y se lo envié. Llevamos cinco meses, me respondió, ¿no te parece un poquito exagerado?

En diciembre, viajé a Morelia y pasé casi un mes con Verónica. Conocí el lago de Pátzcuaro, tomamos mezcal barato, me enfermé comiendo tacos de pastor en la calle. Peleábamos todos los días. En abril del 2004, me vino a visitar a la universidad durante las vacaciones de la primavera, y las cosas no mejoraron mucho. Pasé todo ese verano en el D.F. trabajando para un programa de maestría, y ella vino a quedarse conmigo varios fines de semana. Fue un fracaso total. Yo le acusé de serme infiel, y ella me acusó de ser un inestable que no podía con mi propia vida. Creo que los dos teníamos razón. En diciembre del mismo año, justo antes de que cumpliera años, me llamó por Messenger para informarme que había conocido a alguien más. Un extranjero, agregó, sin entrar en detalles. Yo iba a empezar con las mismas chingaderas de siempre, pero algo se rompió o se descongeló o se borró en mí. Está bien, le masculló, suerte con tu vida. Cerré el chat, apagué la máquina, y salí al frío invernal de Massachusetts. El cielo estaba despejado y de un azul tan profundo que se me hizo cruel. Ahora comienza una nueva etapa de mi vida, me dije, por decir algo.

Río de la Plata

Nunca me he sentido tan solo como en los primeros días en Buenos Aires. Desde el momento en que el taxi me depositó frente al portón alto de Boedo, desde que alcé la vista para mirar el inmenso techo de zinc que hacía pasar por un cielo invernal, desde que percibí que las pequeñas estufas de la casa gris no alcanzarían a espantar el frío inesperadamente medular, supe que no estaba preparado para este viaje. La historia achaca al dictador Porfirio Díaz una frase que bien pudo haber salido de la teología de la liberación: «¡Pobre México, tan lejos de Dios y tan cerca de Estados Unidos!» Al llegar a Argentina, ya un poco más avanzado en mis habilidades lingüísticas y mi conocimiento cultural, hacía juegos verbales con ese enunciado religioso-geográfico para ajustarlo a mi propia situación. Pobre Jeff, me decía, tan lejos de Estados Unidos y tan cerca de suplicarle a Dios. Por suerte, nunca llegué a tales extremos. En realidad, ni siquiera pensé en meterme a las iglesias argentinas para simular los ejercicios espirituales de los fieles, como sí había hecho en Guanajuato más de una vez. Pero no me cabe duda, fue en el Río de la Plata que tuve mi primera revelación latinoamericana, o vista de otro modo (de modo más afín al del mundo en que me criaron), mi primer trastorno mental.

Había venido a la Argentina con un programa de study abroad, un fenómeno que merece su propio capítulo en la historia de la hegemonía cultural. Todos los años, miles de jóvenes norteamericanos viajan al exterior, donde estudian otras culturas, aprenden otros idiomas, y aterrorizan de forma más o menos educada a otras poblaciones. En el mundo hispanohablante estos programas suelen denominarse programas de intercambio, una imagen feliz que hace pensar que para cada estudiante gringo (de aquí en adelante yanqui) en América Latina hay otro estudiante latinoamericano pasándola de puta madre en la casa de aquel. Pero la realidad es que es un negocio como cualquier otro: los estudiantes norteamericanos pagan una suma relativamente alta para tener acceso a las instituciones de educación superior, apoyo de maestros especializados en el aprendizaje de idioma, y alojamiento en casas de familias locales.

El programa con el que yo había venido tenía convenios con las tres grandes universidades porteñas —la Universidad de Buenos Aires, la Universidad Católica Argentina, y la Universidad Torcuato di

Tella— y fuimos ubicados con familias que vivían más o menos cerca de las facultades que habíamos elegido. Como yo iba a cursar todas mis materias en la Facultad de Filosofía y Letras de la UBA, cuya sede estaba relativamente lejos de las zonas turísticas y costaneras, a mí me tocó una casa en el barrio muy barrial de Boedo. La casa pertenecía a una pareja simpática, Pablo y Renata, ella suiza, radicada desde hacía años en Buenos Aires, y él porteño, instructor de danza especializado en el tango. Los dos trabajaban jornadas completas de lunes a viernes, y en las semanas anteriores al comienzo del semestre, en pleno invierno del hemisferio sur, me quedaba a solas durante todo el día. Era un ambiente propicio para mi afán de pasar horas enteras leyendo en cama, y también para mi tendencia a deprimirme por falta de contacto humano.

    Estábamos en julio del 2005, a cuatro años del infame corralito, y los efectos de la crisis aún se notaban, tanto en la calle como en el interior de las familias de clase media que nos hospedaban. Néstor Kirchner cumplía dos años en la presidencia, y recién había efectuado la primera reestructuración de la deuda externa para librar al país de la tutela del Fondo Monetario Internacional. Sin embargo, lo único de ese entorno macroeconómico que interesaba a mis compañeros del *study abroad* era el "tres por uno", la fórmula que se usaba para expresar el hecho de que, con el peso argentino cotizándose entre los 2.90 y 3.20 unidades por dólar, pagábamos la misma cantidad en pesos de lo que habríamos pagado en dólares en Estados Unidos (una chaqueta de cuero que te habría costado trescientos dólares allá, te salía cien dólares acá, y así con los taxis, los libros, y los bifes de chorizo). Mis compatriotas se volvían locos con esos precios de ganga, yendo de shopping en shopping y de parrilla en parrilla. No es que yo me haya negado a participar en ese consumismo eufórico. También comía en algunos de los restaurantes más finos de la ciudad y compraba no sé cuántas Fernet Colas en los bares más *cool* de Recoleta y de Palermo Hollywood. Pero no tuvo en mí el efecto deseado. La soledad, como el maldito frío, no se me quitaba.

En retrospectiva, no es tan difícil adivinar la raíz de mis problemas: Buenos Aires es una ciudad monstruosa, inhumana, y cruel. Me consta que esos adjetivos podrían aplicarse a cualquier metrópolis del siglo XXI, pero para ese entonces, yo nunca había habitado una ciudad de tal tamaño. Conocía bien Los Ángeles, y había hecho viajes a Nueva York, Boston, y Washington, pero aún no había lidiado con el desenfreno urbano diariamente. Convivir con tres millones de personas sencillamente me sobrepasaba. Por otra parte, las expectativas que había llevado conmigo de México se habían visto traicionadas de manera brutal. Si en Guanajuato me veían como un ser extraño y excepcional,

excepcional por ser extraño, en Buenos Aires, mi condición de forastero no impresionaba para nada. Mi blanquitud no distaba mucho del promedio argentino, y al escucharme hablar, los porteños o me trataban como un muñeco mexicano mal diseñado o directamente fingían que no me comprendían. Aún tengo corporizada mi primera experiencia con un taxista de la zona metropolitana. Yo procuraba ir a El Ateneo Grand Splendid, el célebre teatro-convertido-en-librería de la Recoleta, y le dije al chofer que, por favor, me llevara a Santa Fe y Callao. *Qué*, me respondió (aunque con su entonación, me sonaba más bien a "Qui"). Volví a decir lo mismo: me puedes llevar por favor a la esquina de Santa Fe y Callao.

No te entiendo, contestó.

A ver, voy a la librería El Ateneo Grand Splendid.

Ah, ya sé lo que querés decir. Santa Fe y Ca-sh-ao.

Repetí: Santa Fe y Ca-sh-ao.

Dale.

Esperé a que me indicara que estaba bromeando o que me había malentendido por el acento. Pero no dijo nada más. Cuando llegamos a la esquina de Santa Fe y Callao, apretó el botón del taxímetro y me dijo que eran quince pesos. Le di un billete de cincuenta.

Negó con la cabeza. No, no llego.

¿Cómo?

Que no tengo cambio. ¿Por qué no avisaste?

¿De qué?

De que no tenías más chico.

Hice un esfuerzo mental. ¿Avisarle que iba a pagar un viaje de quince pesos con un billete de cincuenta? ¿Explicarle que los cajeros automáticos en Buenos Aires no daban billetes menores de cincuenta o a veces de cien? ¿Insistirle que, según la lógica dominante del capitalismo, mi posición de consumidor me eximía de la preocupación por la fuente y la disponibilidad del cambio, que esa responsabilidad recaía, justamente, en el vendedor, en este caso, el taxista, o ya de forma más directa, en él?

Me rendí. ¿Qué hago?, le pregunté. Qué sé yo, respondió, andá al quiosco en la esquina, a ver si te lo cambian. Salí del taxi, entré al quiosco y, para no complicar el pedido, compré un agua que valía tres pesos. ¿Más chico no tenés? me preguntó el cajero al ver el billete de cincuenta. No tengo, le dije casi escupiendo. Bueno, suspiró, y pescó de la caja cuatro billetes de diez, un billete de cinco, y un billete de dos. Regresé al taxi y le entregué al chofer los quince pesos justos. Adiós, le dije. Chau, me contestó.

Esa misma semana, pisé por primera vez la famosa Facultad de Filosofía y Letras de la UBA. El director del programa, un argentino que había vivido mucho tiempo en Estados Unidos, nos citó en la facultad para ir juntos al decanato, donde nos iban a ayudar a elegir las asignaturas para ese cuatrimestre. Guardaré para siempre esa primera impresión de la facultad. Entrando por la puerta principal en la calle de Púan, nos encontramos con una ancha escalera caracol empapelada de carteles. El cartel más grande mostraba una foto de George W. Bush con el bigotito de Hitler superpuesto en el labio superior. «¡Ya basta del imperialismo yanki!» decía en letras grandes, y luego «para un mundo libre de represores». Los otros carteles comunicaban horarios de juntas y manifestaciones («Jueves 22 de agosto 19 horas en el patio apoyo a la universidad pública y gratuita»), abogaban por distintas agrupaciones de la UBA («Juventud Universitaria Peronista con las banderas de siempre»), y hacían llamados a la insurgencia contra los «poderes fácticos» del mundo y del país («Si nuestra vida no sirve para la revolución, no sirve para un carajo»). El director hizo un gesto florido con la mano antes de subir por la escalera: Bienvenidos a la Facultad de Filosofía y Letras. Bienvenidos a la Argentina.

En el decanato, nos enseñaron una lista de cursos y seminarios en los cuales nos podríamos matricular. Los dos funcionarios que nos atendieron estaban distraídos y con prisa, y tras unos pocos minutos frenéticos viendo la programación, escogí las materias Literatura Argentina II e Historia Argentina II (las primeras partes de esos cursos sólo se daban el primer cuatrimestre) y un seminario en lenguas extranjeras sobre poesía y traducción. Aún abrumado por la rapidez con la que nos habían despachado, seguí al director a la fotocopiadora, en donde nos vendían por cincuenta centavos los programas de los cursos que habíamos seleccionado y algunas de las primeras lecturas. Como cualquier joven universitario con aspiraciones intelectuales, yo había leído con entusiasmo los cuentos de Borges, y entre los muchos móviles que me habían traído a Argentina, uno de los principales era el estudio *in situ* de su obra. Pero cuando por fin pude ver el programa para Literatura Argentina II, Borges ni siquiera estaba en la lista de lecturas. El nombre que predominaba era Rodolfo Walsh, un escritor que, según supe después, había sido desaparecido por la última dictadura militar. No era sólo que la literatura de Walsh se encontrara en múltiples unidades de estudio; él mismo parecía ser la figura tutelar del curso y, hasta cierto punto, de la propia facultad. Mira, me dijo uno de mis compañeros compatriotas, señalándome la primera hoja del programa de Historia Argentina. Debajo de los nombres del profesor titular y de sus varios ayudantes, se destacaba una cita de Walsh: «El pueblo aprendió que estaba solo y que debía pelear por sí mismo y que de su propia entraña sacaría los medios, el silencio, la astucia y la fuerza». El pueblo unido nunca será vencido, sentenció mi compatriota en español, con un acento tan fuerte que apenas se le entendía.

Una vez comenzado el cuatrimestre, el curso que más me enganchó fue el de poesía y traducción, dictado por una profesora que también era traductora. En la primera reunión, habló de la traducción como una perpetua lucha entre la hospitalidad y la hostilidad hacia el otro, citó a Benjamin y a Derrida, y mencionó algunos apellidos que tuve que buscar después en el programa (Tinianov, Cixous, Steiner). No le seguí mucho el hilo. Pero en la segunda reunión, nos entregó una hoja con algunas traducciones que había hecho la cuentista argentina Silvina Ocampo de los poemas de Emily Dickinson, una de mis autoras predilectas y la residente más famosa del pueblo de Amherst (había visitado su casa varias veces). Propuso que las revisáramos con ojo crítico, y ahí la cosa se prendió. Eligió para empezar el poema 443, y preguntó si había algún angloparlante en el salón que pudiera leer el primer cuarteto del poema. Yo levanté la mano a medias, calculando, a pesar de la invitación aparentemente genuina de la profesora, que este podría ser un ambiente más hostil que hospitalario (recordaba muy bien la foto del Bush con bigotito). Pero una chica a mis espaldas ya se había adelantado. Con voz firme leyó: «*I tie my Hat—I crease my Shawl—/Life's little duties do—precisely—As the very least/Were infinite—to me—*». Después la profesora pidió que algún hispanohablante leyera la traducción de Ocampo. Un chico con melena larga se ofreció: «Me ato el sombrero-cruzo mi chal-/las pequeñas obligaciones de la vida-cumplo meticulosamente-/como si las más ínfimas/fueran infinitas-para mí-». Ahora la profesora habló: ustedes notarán que la principal característica de la traducción de Ocampo es la legibilidad. Su traducción quita las mayúsculas tan particulares de Dickinson, minimaliza el uso de los guiones, hace más unívoco el sentido. Por ejemplo, Dickinson mantiene una distancia entre las tareas domésticas del yo lírico («*Life's little duties*») y el concepto abstracto de lo nimio («*the very least*»), pero Ocampo los liga, arrastrando tanto el número como el género de «las pequeñas obligaciones» al verso posterior: «como si las más ínfimas/fueran infinitas». Es como si Ocampo quisiera restringir el campo de significación del poema a lo femenino y al hogar, esquivando la reflexión claramente filosófica que está en el original. Es decir, Dickinson extraña el sentido de las palabras en su poema, pero Ocampo lo vuelve a normalizar en su traducción. Sacó sus anteojos y nos miró a nosotros. ¿Algunas otras observaciones?

La profesora oteaba el salón de punta a punta, pero cuando el silencio se prolongó, buscó con los ojos a los pocos que nos habíamos delatado como angloparlantes (había otros tres o cuatro que se retorcían en sus asientos). Yo estaba más acostumbrado a la pedagogía interactiva, en donde el instructor solicita primero las observaciones de los estudiantes y *luego* las arma en un análisis más complejo, y la verdad es que me había quedado un poco anonadado por la lectura tan abarcadora que había hecho la profesora. Al final, la chica norteamericana, intrépida, volvió a hablar. Tengo que decir algo, la palabra inglés *"crease"* es lo que hacemos cuando, ummm, cuando ya no queremos usar la ropa, el chal, pero la palabra español, "cruzo", si es igual a *"cross"* en inglés, es lo que hacemos cuando estamos poniendo el chal para salir. Ocampo lo escribe al inverso.

Mientras la chica norteamericana hablaba, la profesora ladeaba la cabeza para demostrar que se esforzaba en comprender. Cuando terminó, la profesora volvió a ponerse los anteojos y miró la hoja que tenía delante. Ah, claro, exclamó de repente, es que Ocampo había entendido que *"crease"* se refería al acto de ponerse el chal, pero en realidad el sujeto del poema lo está doblando para guardarlo. Muy buena observación. La chica volvió a hablar. Una otra cosa: estoy de acuerdo con usted, la escritora argentina cambia el sentido, en las últimas líneas, por ejemplo, Dickinson pone: «*Therefore-we do life's labor—/Though life's Reward be done—/With scrupulous exactness*» y creo que está diciendo que tenemos que seguir trabajando cuando la vida ya no tiene recompensación, es muy pesimística, como esa canción, «*life goes on, long after the thrill of living is gone*». Pero Ocampo pone otro sentido, «de cualquier modo-cumplimos con la labor de la vida-aunque la recompensa-se haga-/con escrupulosa actitud». Creo que está diciendo que la recompensa es difícil pero sí podemos alcanzarla, o sea, Ocampo hace más optimística la poema. La profesora volvió a mirar la hoja. Es cierto, dijo al rato, la frase debería ser "se haya hecho" o "se hizo" para mantener el sentido del original. Otra muy buena observación, la voy a anotar. Yo giré la cabeza para mirar a la chica. Sus ojos ya habían regresado al poema. Concienzudamente, traté de convertir los celos que sentía en complacencia por haber encontrado a una lectora inteligente con la que podía conversar.

Después de la clase, corrí para alcanzarla. Me gustaron tus comentarios, le dije en inglés, me llamo Jeff. ¿Te gusta mucho la poesía de Dickinson? Me tendió la mano, me dijo que se llamaba Sarah, y se rio. Son los primeros poemas de ella que he leído en mi vida, no sé cómo terminé en esta clase. En realidad, vine a Buenos Aires porque me interesa la moda y este es un lugar fantástico para eso. Ajá, le dije, por ahí viene tu conocimiento de lo que se hace con un chal. Eres experta en las prendas de ropa. Más que en el español, contestó, como acabas de ver. Pero bueno, me hago entender. Hurgó en la mochila, y extrajo unas grandes gafas de sol. Me tengo que ir, dijo, pero dame tu número y nos vemos uno de estos días. Le dije que aún no sabía exactamente cómo marcar el número de mi celular. Déjame ver, respondió. Agarró mi celular, apretó algunos botones y luego apuntó mi número en el suyo. Así se escribe, indicó, enseñándome la pantalla.

Intercambiamos mensajes durante esa semana, y quedamos para vernos el viernes en un bar de Palermo. La hora y el lugar pintaban románticos, pero intuía que ya habíamos establecido un pacto implícito de mantenernos en el plano de la amistad, algo que parecía confirmarse a medida que conversábamos. Ella me habló de sus amigos porteños (ya tenía amigos porteños), de algunas de sus salidas nocturnas con gente del mundo de *fashion* que conocía de Nueva York, y de su primera experiencia con los telos, los notorios hoteles rioplatenses que se pagaban por hora y en donde los jóvenes sin casa propia iban a concretar sus amoríos. Admiraba su desenfrenada aptitud para navegar la megalópolis, y muy a mi pesar, volvieron los celos. Intenté contarle algo de mi vida porteña, pero lo único que pude sacar fue una anécdota sobre mi visita a una milonga con Pablo y Renata, en la cual me había fijado en un anciano calvo vestido de esmoquin que se levantaba de su asiento cada dos minutos para mirarse en el espejo y aplastar los pocos pelos que le quedaban. Al terminar, me di cuenta de que, más que una historia, le había proporcionado un símbolo de mis propias inseguridades, pero ella la usó para conducirnos a una conversación sobre los hombres porteños, un tema que ella abordaba con su particular precisión analítica. Afirmaba que en Buenos Aires los hombres se parecen a los chicos vendedores en el subterráneo. En el subte, los chicos colocan caramelitos en las rodillas de los pasajeros y luego los van recogiendo, esperando que uno o dos de ellos les den una moneda. En el boliche, el hombre hace algo similar: se acerca a todas las chicas medianamente pasables, les da un piropo, y luego pasa a la próxima. Al igual que el chico vendedor, el hombre sabe que tiene muy pocas posibilidades con cada una, pero regresando sobre sus pasos al final de la noche, espera que alguna sea caritativa con él. ¿Ha funcionado contigo alguna vez?, le pregunté. Claro que no, me dijo. Me acosté con un barman que yo tenía señalado desde que entré al pub. Me daba bebidas gratuitas durante toda la noche, y cuando se liberó a las cuatro de la mañana, fuimos directamente al telo. Yo le pagué el taxi y el telo, agregó, para que sepas que creo en la igualdad de género.

Salimos del bar antes de la medianoche, porque ella tenía que madrugar al día siguiente (¿por eso había sugerido ese día?), y acordamos hablar en clase para vernos de nuevo. Volviendo sobre nuestra conversación en el subte, reparé en algo que, por más obvio que fuera, hasta ese momento me había pasado desapercibido. En más de un mes en Buenos Aires, aparte de Pablo y el director, no había conocido realmente a ningún argentino, ni a ninguna argentina.

En la materia de literatura argentina, las cosas iban muy mal. Por alguna razón, el profesor titular no venía a dar clases, y el curso quedaba en manos de un tipo flaco y barbudo que no rozaba los treinta. El asistente del asistente del asistente, escuché decir a uno de los alumnos locales. Cuando intento hacer memoria del contenido de esa materia, el recuerdo literalmente está en blanco, pero sí me acuerdo de la interrupción que se hizo en la segunda o tercera semana del cuatrimestre. Un grupo de jóvenes abrieron la puerta en medio de la clase, entraron al salón, y se quedaron ahí silenciosos. Poco a poco, la mirada colectiva se giraba hacia ellos. Después de varios minutos, el flaco barbudo finalmente les hizo caso. ¿Podemos hablar dos minutos con los estudiantes? preguntó uno de los jóvenes. Dale, dijo el barbudo. Apenas se dio la respuesta, el chico cambió de voz, y empezó a hablar con la rapidez de un rematador de subastas. Lo único que saqué en claro es que la facultad estaba en peligro, y que nosotros teníamos que ser muy firmes para salvarla. Sus dos minutos se extendieron a cinco, y el barbudo, ya un poco hastiado, le dijo al chico que creía que ya entendíamos el asunto. El grupo salió en fila. Al cerrar la puerta, el barbudo nos dijo como al pasar: ya saben que siempre estamos con paros, pero ahora está grave la situación, veo muy posible que perdamos todo el año. ¿Paro? ¿Todo el año? Al final de la clase, busqué a los dos compañeros del programa que cursaban la materia conmigo. Nos preguntábamos ansiosamente qué demonios había dicho el chico y qué era exactamente un paro. Es como una huelga, dijo en inglés un argentino que nos había escuchado, y luego en español: los docentes están planeando un paro para la semana que viene. Le pregunté si sabía si el que habló era docente. No, respondió, pero los grupos estudiantiles están apoyando al profesorado.

Esa semana, las interrupciones se repitieron en la clase de historia argentina, y también en la de traducción y poesía. La semana siguiente recibimos un correo del director del programa informándonos que los docentes de la UBA ya estaban de paro pero que no nos preocupáramos, que ese tipo de acciones eran comunes y generalmente se resolvían en un par de semanas. A mediados de septiembre, la situación todavía no se había solucionado, y Sarah me mandó un mensaje de texto diciendo, *"SNOW DAY FOREVER"*, imitando los emails que mandaban las universidades norteamericanas para anunciar los días libres por la inclemencia climática. Como si el tiempo le hubiera hecho caso, la temperatura bajó a cinco grados, y si bien no llegó a nevar, el frío se apoderó de todos los rincones de la casa. Acerqué la cama a la estufa de mi cuarto, y desde la tarde hasta la mañana, permanecía bajo las dos frazadas gruesas que me había traído Renata. Compré el primer tomo de los cuentos completos de Cortázar, y leí la primera mitad de un tirón. No soy muy dado a la literatura fantástica, pero mi creciente desvinculación con el mundo exterior hizo que me adentrara con facilidad en los universos de "Casa tomada", "Axolotl", y "La noche boca arriba". Cuando terminé de leer "La autopista del sur", el cuento sobre los motoristas que se quedan tres días parados en sus autos de camino a París, se impuso como una alegoría fatídica de mi propio estancamiento vital. Tengo que ponerme en marcha, me dije, no puedo seguir así.

Al otro día, llamé por teléfono al director y le dije lo que nos había dicho el asistente de la materia de literatura argentina sobre la posibilidad de que el paro se prolongara hasta el fin del año. Lamentablemente, me contestó, estas cosas pasan en Argentina. Sigo pensando que se va a resolver, y no podés cambiar de universidad porque las clases ya arrancaron en la UCA y en la Di Tella. Pero vamos a ver qué hacemos. Se quedó callado un momento. Tenemos un convenio con La Universidad de la República en Uruguay, dijo finalmente. Creo que allá también se inició el semestre, pero capaz que te dejen matricular igual. Puedo hacer un par de llamadas si realmente tenés interés. Pensalo bien y me decís. El día siguiente le escribí diciéndole que ya lo había pensado y que lo quería intentar, y me contestó ese mismo día informándome que todo se había arreglado. Sentí un alivio hondo, y enseguida unas punzadas de culpa. ¿Mi malestar se debía realmente al paro, al frío, a la crueldad de la ciudad? ¿O yo mismo había producido mi descontento, buscando en Buenos Aires el mismo camino de rosas que había encontrado en México? ¿Tomaba en consideración a Pablo y Renata, que seguramente estaban contando con el dinero que el programa les estaba pagando por darme alojamiento, y que ya no podían recuperar? A decir verdad, no creo que esas preguntas hubieran podido alterar mi decisión. Es un rasgo familiar y sospecho que también cultural: cuando tomo decisiones, ya no las vuelvo a evaluar.

Alineo las razones a favor, justifico o minimizo las razones en contra, y avanzo.

Esa noche les conté mis planes a Pablo y Renata. Ahora pienso que hubiera sido muy inoportuno que se pusieran en mi contra, dado su vínculo con el programa, pero en el momento me sorprendió gratamente que me apoyaran tanto. Lo que te parezca mejor, me dijo Renata, mientras Pablo sacudía la cabeza. Le mandé un mensaje a Sarah explicándole la situación y diciéndole que le avisaría en cuanto volviera de visita. A la mañana siguiente compré pasaje a Montevideo con la empresa Buquebus, y dos días más tarde, cruzaba el Río de la Plata. Salí a la parte exterior del buque y vi retroceder las dársenas, el puerto, la ciudad. El estrepitoso ruido del motor me acallaba los pensamientos.

Pocas veces en mi vida me he sentido tan feliz como en esos primeros días en Montevideo. Al llegar al puerto, le pedí al taxista que me llevara a un hotel en el centro, cualquier lugar que fuera aceptable y relativamente barato. Asintió con la cabeza, y de inmediato me preguntó, ¿Vos, de dónde sos? Al escuchar mi respuesta, me dijo que Montevideo era una ciudad tranquila, nada que ver ni con Buenos Aires ni con Los Ángeles. Ah, le respondí, entonces vos ya estuviste en California [el voseo se había infiltrado lentamente en mi habla]. No, no, se apresuró a aclarar, pero tengo un primo que vive allá y él me cuenta los quilombos que se arman. Seguimos charlando hasta que llegamos a un edificio chato con un letrero que decía simplemente "Hotel". En la recepción, un hombre de edad mediana me registró en la libreta, y me dio un par de llaves enormes que me parecían más apropiadas para una mansión victoriana. Esta es para la puerta de tu habitación, dijo, y esta para la caja de seguridad dentro del armario. El gatito que ves en el sofá se llama Cerbero, añadió con una sonrisa, él nos protege de cualquier intento de robo. Por alguna razón, ese chiste tonto me dio una enorme satisfacción.

Al día siguiente, recibí el mismo trato amable en la Facultad de Humanidades de la Universidad de la República de Uruguay. Aunque se asemejaba visualmente a la UBA, con el mismo diseño industrial y los mismos carteles militantes en su versión local (faltando, eso sí, el Bush nazificado), la atmósfera era totalmente distinta. En el decanato, una funcionaria simpática me inscribió en los cursos y me informó de que, si bien el semestre había empezado tres semanas atrás, todas las lecturas se encontraban en la fotocopiadora. Resultaba que sólo daban dos materias en la facultad que me revalidarían en Amherst, Literatura Latinoamericana II e Historia Americana III, pero el director me avisó después por email que una de las profesoras en Buenos Aires estaba dispuesta a hacer una clase particular sobre literatura argentina por internet ("para que no pierdas del todo la experiencia porteña"). En el subsuelo, la bibliotecaria me ayudó a completar los trámites para sacar libros, y luego me dijo, en un tono tan respetuoso que por poco se me escapa una risita: muchas gracias, Señor Lawrence, espero volver a verlo pronto. Otra vez en la planta baja, entablé una conversación sobre la tragedia griega con un tipo que estaba tomando mate en las escaleras. Así debería ser el mundo, pensé al salir otra vez a la calle.

Ya anotado en los cursos, inicié mi búsqueda de un sitio donde vivir. Con todo lo que me había sucedido en Argentina (o más bien todo lo que no había sucedido), estaba resuelto a encontrar un sitio que me permitiera conocer a uruguayos de mi edad. En realidad, buscaba algo así como los *dorms* que poblaban casi todos los campus de Estados Unidos, viviendas gigantescas reservadas para los chicos que asistían a la universidad. Pero en Uruguay no existía ni siquiera ese concepto, así que empecé a visitar distintas pensiones, casas compartidas donde solían convivir estudiantes del interior, trabajadores jóvenes, y algunos jubilados que no tenían ahorros suficientes para cambiarse de lugar. Terminé alquilando un cuarto modesto en una pensión modesta en el barrio de Cordón, a unos veinte minutos de la facultad. La habitación estaba al fondo de un largo pasillo en el segundo piso; tenía baño propio, cocina compartida. Apenas instalado en la pensión, me enteré de que uno de los inquilinos, Emilio, había estudiado comunicación en otra facultad de la universidad, y era lector asiduo de la literatura mundial y rioplatense. Venía de Río Negro, un departamento fronterizo con Argentina, y mientras buscaba un trabajo más fijo y afín a sus estudios, había conseguido "laburo" como guardián en una empresa que manufacturaba etiquetas para productos comerciales. La última vez que lo vi en Uruguay me dijo que recordaba con precisión el día que llegué. Vos estabas más perdido que una foca en el bosque, me dijo. No entendía cómo habías dado con la pensión. Pero luego salimos a la rambla a tomar mate, y nos pusimos a hablar de Kafka y Beckett y algunas de las cosas que los argentinos nos han robado culturalmente (el dulce de leche, Gardel, Horacio Quiroga), y ahí sabía que me ibas a caer bien. Tal cual, le contesté. Aún conservo mi diario de ese año, y me acuerdo que anoté que por esos días había conocido a mi primer amigo rioplatense.

En efecto, ese diario registra el gran alivio que sentí al encontrar un lugar hospitalario y un estado emocional más o menos equilibrado. También da cuenta, con su letra garabateada y su castellano aún bastante idiosincrático, de mis primeros intentos de descifrar la cultura que me rodeaba. «En todos los lugares los uruguayos me hacen dos preguntas», leo en una de sus primeras entradas, «la primera, "¿Vos, de dónde sos?" (o a veces, no entiendo por qué, "¿Tú, de dónde sos?") y la segunda, "¿Por qué viniste al Uruguay?". Para mí, la primera pregunta marca la curiosidad intrínsica de un pueblo chico que aspira a un gran contacto con el mundo. La segunda muestra la inseguridad colectiva de ese pueblo, que no está acostumbrado a que alguien de afuera elija vivir en Montevideo y no en Buenos Aires. Nunca tengo buena respuesta para la segunda pregunta. De todos modos, me parece que el amor no correspondido entre uruguayos y argentinos es un tema constante. Hace días fui al peluquero y al escuchar que yo había venido de Buenos Aires quería contarme un chiste. "¿Sabés cuál es el mejor negocio que podés hacer con un porteño?," dijo. "Comprarlo por lo que vale, y venderlo por lo que él cree que vale. ¿Muy bueno, o no?" Una cosa más: en ambos lados del Río de la Plata se sabe que las comparaciones entre porteños y montevideanos son cliché, pero todo el mundo sigue usándolas igual, como si se hubieran puesto de acuerdo en que la enunciación, más que el contenido, les confiere su verdadero poder». La última afirmación está escrita en otro color, y parece ser de un momento posterior.

Mis apuntes sobre la facultad son menos elaborados, pero aún tengo recuerdos nítidos de las clases a las que asistí en aquella primavera austral del 2005. El profesor de literatura era un tipo calvo y fornido, la profesora de historia una veterana que a duras penas llegaba a la facultad. Pero en las cuatro horas de clase, puntuadas por un intervalo de veinte minutos en que los mates circulaban libre y afectuosamente, los dos departían una visión panorámica de la cultura latinoamericana que en su afán totalizador me recordaba a los murales que había visto durante mi única estadía en la Ciudad de México. En Amherst, se partía de la premisa de que cualquier estudiante con inteligencia podría acercarse a un texto para hacer una interpretación más o menos aceptable. En la Universidad de la República, en cambio, se suponía que los estudiantes eran aprendices de un gran relato sobre la cultura occidental en el cual el tema de hoy o mañana se insertaba como un detalle más. Me acuerdo de una conversación que tuve en el intervalo de Literatura Latinoamericana con uno de los pocos otros extranjeros inscritos en la materia, un escocés llamado Glenn que se había extraviado por completo en la primera parte de una clase sobre Borges. Se quejó de que estaba anunciado en el programa que íbamos a discutir ese día el cuento "Emma Zunz", pero que el profesor había hablado durante una hora y media sobre Emile Durkheim y el movimiento obrero en Argentina. Preguntó a un compañero de atrás, un uruguayo que revolvía la bombilla de su mate con una escrupulosidad casi artesanal, si él sabía por qué el profesor se había enfocado en esos temas. La verdad, contestó el tipo, no tengo la más puta idea. Rápidamente me di cuenta de que no todos los alumnos tenían interés en ejecutar la labor monumental que les tocaba, pero yo estaba decidido a cumplirla lo mejor que pudiera.

En la pensión, casi todos los inquilinos eran del interior: Emilio de Río Negro, Jesica y María de Rivera, Alejandro de Treinta Y Tres. En Uruguay, como en muchos otros países latinoamericanos, era casi imposible dedicarte a ciertas carreras si no habías estudiado en "capital", y ese desplazamiento de menos de quinientos kilómetros parecía impactarles más que mi propio traslado escolástico de cinco mil. Tenían que adaptarse a una nueva economía, encontrar donde vivir, competir con los capitalinos para puestos y concursos. Y como se podría imaginar, en muchos casos ese proceso terminaba aflojando sus lazos con el interior. Llevo seis años en Montevideo, me dijo Emilio una vez, y puedo contar en una mano los amigos que todavía tengo de Río Negro. Dos de ellos viven acá, y a veces pienso que lo que nos une es más la trayectoria que el lugar de nacimiento. Nunca seré plenamente montevideano, pero ya me siento forastero en Río Negro. En otros casos, la mudanza había producido una fuerte añoranza para lo que había dejado atrás; me insistían que "eso" era precisamente lo que yo tenía que ver del país. A principios de octubre, habiendo recibido ya varias reclamaciones de los compañeros de la pensión, arreglé con Glenn para hacer un breve escape al interior.

Viajamos un viernes, y al llegar a la terminal de Tres Cruces, decidimos que queríamos ir primero a la frontera con Brasil. Compramos pasaje para la ciudad de Melo en el departamento fronterizo de

Cerro Largo, y pasamos cinco horas en el ómnibus viendo poco más que llanura y ganado. Cuando salimos de la terminal de Melo a la nochecita, contemplábamos una ciudad esparcida que parecía hecha de una mezcla uniforme de ladrillo, cal y concreto. Dejamos nuestras mochilas en un hostal que habíamos encontrado por internet, y caminamos hacia la Plaza Independencia. Casi todo el mundo andaba en moto. En algún momento nos pasó zumbando una mujer que aparentaba más de setenta años y estaba sin casco, algo que no parecía despertar el menor interés en los otros peatones. Terminamos entrando a un bar que anunciaba una promoción de 2 x 1 en comidas y bebidas. Mira esto, dijo Glenn cuando nos sentamos en la mesa, y me mostró un cartelito: «Hoy 21/6, noche de los ochenta». Pedimos dos Patricios de litro, dos pizzas, y dos fainás. A las 22:00, una pantalla bajó de una de las paredes. Apareció el primer video, "Crazy Little Thing" de Queen, y los parroquianos se volvieron locos. Los que estaban en la mesa de al lado recitaron la canción sin equivocarse en una letra, y dos de las chicas reproducían los movimientos de Freddy Mercury con una destreza impresionante. Nos miramos con incredulidad. ¿Te sabes la letra a esta canción?, le dije en inglés. No, me contestó, ¿tú? Para nada. En las próximas horas, pasaron de The Police, Bonnie Tyler y Van Halen a Michael Jackson, Madonna, y Diana Ross. Con la excepción de dos o tres canciones canónicas (en mi caso, "Billie

Jean", "Every Breath You Take", y "Like a Virgin"), los melenses claramente nos superaban en sus conocimientos de la tradición musical anglosajona. Somos un desastre, me dijo Glenn. Tenemos que ponernos las pilas, le dije, o más bien dije algo por el estilo, porque ahora que lo pienso no uso ninguna variante de esa frase en inglés.

A la mañana siguiente nos levantamos con resaca y con las panzas llenas de hamburguesas callejeras que comimos en algún momento borroso de la noche. Habíamos hecho planes para visitar a nuestra vuelta la Quebrada de los Cuervos, una zona ecológica en el departamento de Treinta Y Tres, y en las computadoras del hostal busqué el mejor modo de llegar. Las indicaciones que daban en internet eran para ir en auto, así que volvimos a la terminal, y allí pregunté al empleado de una de las empresas de viaje cómo teníamos que hacer. Tomen el micro a la capital de Treinta Y Tres, dijo, y díganle al chofer que los deje en la entrada para la Quebrada de los Cuervos. De ahí pueden caminar hasta la quebrada, son sólo un par de kilómetros. Bueno, le dije, dos boletos a Treinta Y Tres entonces. Seguimos las direcciones del empleado, y después de una hora y media, el chofer desvió el ómnibus de la carretera y nos señaló un camino asfaltado. Bajamos con las dos mochilas a cuestas. Lo primero que vimos, luego de que el ómnibus volvió a arrancar, fue un poste indicador. Nos acercamos. Decía en pequeñas letras talladas: «La Quebrada de los Cuervos 26 kilómetros». Jodido país de mierda, dijo Glenn en inglés. Qué hijo de perra, dije yo. ¿Esperamos a que venga un auto y hacemos dedo? preguntó Glenn. Mejor empecemos a caminar, le respondí, y cuando pase un auto le pedimos si podemos subir.

Caminamos por más de cuatro horas. No pasó ningún auto, y hasta el minuto doscientos diez, tampoco vimos a ningún ser humano. Vacas sí vimos, también caballos, patos, ñandúes, una garza y dos perros, juntos a los epónimos cuervos, que cobraban un aspecto cada vez más siniestro a medida que la caminata se alargaba. El sol no estaba tan fuerte ese día, pero prescindíamos de protector solar y también de agua, un descuido que estábamos cobrando caro alrededor de la tres de la tarde, cuando arribamos a otro poste que nos informaba que aún faltaban 8 kilómetros para la quebraba. La cara de Glenn había cambiado lentamente de color, primero a rosado y luego a violeta. Lo único que me motiva para seguir caminando, dijo en un momento, es el fantaseo de que volvamos a encontrar a ese desgraciado ojete para romperle la cara.

Media hora más tarde, llegamos a una bifurcación en el camino, y por el costado se veía un rancho. Una mujer se asomó por la puerta de una casa hecha enteramente de madera. Tenía la cara fuertemente curtida por el sol, y cuando nos acercamos y le pregunté cuánto faltaba para llegar a la quebrada y qué camino había que tomar, su respuesta descubrió una boca casi sin dientes. Por ahí, nos señalaba con la mano, y como no parecía que fuera a decir más, le volví a preguntar cuánto faltaba para llegar y si había un lugar cercano para descansar. Deben ser cuatro kilómetros, contestó. No sé exactamente, porque nunca fui hasta allá. Dicen que hay cabañas para alquilar. Lo miré a Glenn, tratando de averiguar si él también encontraba sospechoso el hecho de que ella nunca hubiera ido al sitio que, según lo que pude estimar, tendría que ser el lugar habitado más próximo a su casa. Pero no me contestó la mirada. ¿Podés darnos un vasito de agua?, le pregunté a la mujer, es que llevamos muchas horas caminando. Gritó algo para dentro de la casa, y treinta segundos más tarde, salió un hombre grande y encorvado, vestido de overoles. En una mano, tenía el vaso de agua, y en la otra, un cuchillo enorme con un trozo de chorizo pegado a la hoja. Suprimí las imágenes de película de terror que me surgieron: tajos, sangradura, lloriqueos sumisos. Lo alcanzamos en medio del jardín estropeado, y compartimos el vaso de agua que nos obsequió. Muchas gracias, dijo Glenn. Mil gracias, dije yo. Por favor, contestó. Después de que habíamos vaciado el vaso, lo agarró y volvió para la casa. Luego se giró y preguntó: ¿Son de Montevideo ustedes?

Con el tiempo, esa escena ha adquirido tantos tintes folclóricos que hasta dudo de mi propia memoria. ¿La mujer realmente dijo que nunca había ido a la quebrada? ¿El hombre tenía chorizo en el cuchillo, o más bien—me surge una vaga imagen alternativa—un trozo de queso? Durante muchos años, conté esta anécdota pensando que ejemplificaba a la perfección el relativismo cultural. Si para el mundo en general, Montevideo era una ciudad insignificante, la capital de un país ignorado [Uruguay] que se confundía proverbialmente con otro país ignorado [Paraguay], para el hombre de los overoles Montevideo *era* el mundo, a tal punto que cualquier forastero que hablara castellano tendría forzosamente que ser de allí. Pero ahora ese racionamiento me parece un poco absurdo. El hombre vivía al lado del parque ecológico más grande del interior de Uruguay. Es muy probable que tuviera cable en el rancho con varios canales norteamericanos. A lo mejor nos tomaba el pelo. A lo mejor había sacado ese cuchillo enchorizado justamente para joder con nuestras expectativas de lo que era el interior.

De alguna forma, ya no recuerdo cuál, nos despedimos de ellos, y a las seis de la tarde alcanzamos, por fin, el camping. En la oficina, el encargado nos comunicó los precios de las cabañas y las carpas (ni loco, dijo Glenn), y cuando le indicamos que queríamos una cabaña, nos cobró en efectivo y nos entregó llaves, toallas, y jabón. A la noche, comimos una parrilla para dos en el pintoresco restorán dentro del camping. La mañana siguiente, hicimos lo que pudimos para bajar al cauce del arroyo, pero las ampollas y el dolor muscular nos constreñían a un recorrido corto de las paredes de piedra. A la tarde, de vuelta al camping, conocimos un grupo de estudiantes de medicina de Montevideo que habían venido de vacaciones y que estaban por ir en camioneta a la ciudad de Treinta Y Tres. Ofrecieron darnos un levantón hasta el centro, y aceptamos agradecidos. Abrieron la puerta de atrás de la camioneta, y vimos que no había asientos, sólo un espacio grande con varias correas que habían puesto a modo de cinturones de seguridad. Corrieron la puerta después de que subimos y nos quedamos en la obscuridad. Debe ser la primera vez que ustedes viajan a lo mexicano, bromeó uno de los chicos, ojalá les haya tocado un coyote bueno. Nos atamos bien con las correas, pero con cada curva que tomaba la camioneta, nos inclinábamos a un lado como en un trineo deportivo. Una hora y media más tarde arribamos a la terminal. Nos salvaron la vida, dijo Glenn al bajar. También se la arriesgamos, contestó una chica. Durante la ida a Melo, habíamos hablado de hacer nuestra última parada en los cerros de Minas, La Vallejas, pero estábamos tan destruidos que resolvimos volver directamente a la capital. Esperamos tres horas para el próximo ómnibus, y llegamos a Montevideo después de la medianoche.

A mediados de octubre conocí a Maribel. Ella estaba cursando la materia de literatura latinoamericana con nosotros (es decir, con el puñado de extranjeros en la facultad), y una tarde, me olvido por qué, salimos de la clase juntos y ella nos invitó a un bar donde trabajaba como anfitriona los fines de semana. Linda, sarcástica, habladora, atleta —siempre andaba por la facultad en ropa deportiva— nos contó que hacía la carrera en sociología pero que asistía a los cursos de literatura simplemente porque le gustaba. Desde el momento en que la conocí, su energía y desenvoltura me atrajeron. Recuerdo que una vez, luego de que habíamos empezado a salir, ella caminaba por la vereda cargando su mate en una mano y el termo en la otra (postura de rigor de cualquier uruguaya digna del nombre) cuando se cayó de bruces y se peló las rodillas y las muñecas. Al darle una mano para levantarse, viendo que no había derramado ni una gota de agua ni una partícula de yerba, le pregunté por qué no había soltado el mate antes de chocar con el suelo. Ni en pedo, me contestó, luego hubiera tenido que volver a casa, preparar otro mate, calentar más agua. No, no, estoy bien, sólo ayúdame a limpiar la sangre. Así era ella. Más tarde me enteré de que me llevaba tres años, los mismos que Verónica, pero en nuestro primer encuentro no cruzamos más de dos palabras.

Varios días después, la vi entrar al cibercafé mientras yo revisaba mi email. Le di un beso en la mejilla. ¿Qué hacés acá?, me preguntó, y apenas dándome tiempo para contestar (estaba mandando emails a mis amigos de la universidad) lanzó la siguiente pregunta: ¿y vos qué estudiás allá? Por más de una hora, me interrogó sin cuartel. Al poco ya, sabía que yo era de Utah, que tenía un hermano que trabajaba en California, que había dejado de ser virgen a los diecisiete, que era judío no practicante. Parte de su encanto, y la razón por la cual me presté a ese interrogatorio, era que correspondía con sus propias intimidades. Me enteré de que vivía con su padre en el barrio de El Prado, que su madre había fallecido cuando era pequeña, que ella se inclinaba por los hombres judíos. Añadió que casi todos sus exes habían sido de la colectividad.

¿Qué es la colectividad?, le pregunté.

Acá decimos colectividad a la comunidad judía. Decime una cosa: ¿vos usás kippa? ¿Tuviste Bar Mitvah?

No, no uso kippa desde los doce años y no tuve Bar Mitzvah, le dije, según yo para protestar la costumbre de dar media fortuna a un niño, según mi madre porque el cantor de la sinagoga me caía mal.

Ella respondió con una risa corta y nasal. Entonces sos muy mal judío.

Muy malo, sin duda que sí. A estas alturas creo que mi único rasgo judío es un gusto desmesurado por los cuentos de Kafka.

En algún momento el empleado nos interrumpió para decirme que había gente esperando máquina. Animado por la confesión de Maribel sobre sus preferencias semíticas, le propuse que siguiéramos charlando en un bar. Tengo que ir a hacer una entrevista para la investigación de mi tesis, contestó, pero podés acompañarme si querés. Después te explico de qué va.

Camino a la entrevista, que por alguna razón iba a tomar lugar en la cafetería de una estación de servicio, Maribel me contó que estaba haciendo su trabajo de campo sobre una agrupación juvenil del Partido Nacional. Investigaba la relación entre los dirigentes y los militantes de base, y esa noche había concertado una cita con dos de los líderes más jóvenes. Yo todavía entendía poco del sistema político uruguayo, más allá de que había dos partidos tradicionales, el Partido Colorado y el Partido Nacional, y un partido de izquierdas, el Frente Amplio, que les había ganado la cancha últimamente. Maribel me recapituló la historia de los tres partidos, y agregó que su familia siempre había sido del Partido Nacional. Me informó con orgullo que su padre pertenecía a un grupo de oficiales de la Marina que se habían opuesto al golpe de estado dado por el presidente (y también Colorado) Bordaberry en el año 1973. De todos modos, resumió, mi investigación es más que nada sobre las estructuras de la agrupación. Me interesa cómo se organizan estos pibes.

Entramos a la estación y vimos que los dos chicos ya estaban sentados en una mesa al lado de las heladeras, de las cuales habían sacado dos cervezas de litro. Maribel me presentó como su amigo literato norteamericano, y rápidamente los tres se olvidaron de mi presencia. La entrevista resultó ser más bien una dilatada charla informal, en la cual los chicos versaban sobre los cuadros de fútbol y las "minas" que les gustaban en el liceo además de sus aspiraciones políticas. Me despistaban sus redes de referencia, y al cabo de un rato, me desconecté de la charla y me dejé adentrar gustosamente en la borrachera. Miraba los ademanes cansinos de los camioneros que entraban a pagar la nafta, y luego los gestos adrenalizados de los chicos que no paraban de hablar. No recuerdo exactamente a qué hora salimos, pero sí que en algún momento rocé levemente la pierna de Maribel y unos minutos más tarde ella reciprocó.

De vuelta a 18 de Julio, la avenida principal, algunas gotas de lluvia empezaron a salpicarnos, y de repente cayó un aguacero. Ninguno de los dos llevábamos paraguas y, en lo que nos tardamos en encontrar un toldo para esperar, terminamos empapados. Cuando escampó, súbitamente, dos minutos más tarde, le pregunté si quería pasar por mi casa a secarse. Dale, se rio, estoy toda mojada. Apartó de su hombro la manga del buzo, mostrándome la rapidez con la que se pegaba de nuevo, pero adiviné en sus palabras otro sentido. Ella me tomó del brazo, y caminamos por la avenida desierta. Una vez en mi habitación, ella sacó su buzo y yo el mío. Los dos nos reímos, y seguimos sacando prendas hasta quedarnos en ropa interior. Le di una toalla y le dije que ya se podía secar, pero ella la tiró al piso y me besó. Recorrí con la mano su piel de gallina. En este caso, guardo un recuerdo nítido de la escena de amor: ella en cuclillas, y yo detrás suyo. Casi rompimos la cabecera. Demasiado energéticos los dos, era como si quisiéramos repetir en la cama las charlas maratónicas que mantuvimos durante más de siete horas. A la mañana siguiente saltó de la cama, se puso una de mis remeras y sacó la bolsa de yerba de su mochila. ¿Dónde está la cocina?, preguntó, quiero hacerme un mate.

Aquí la historia se repite un poco: el mismo enamoramiento precipitado, los mismos "te quieros" y "te amos", con la única diferencia de que todo sucedió cinco mil kilómetros al sur. Me gustaría afirmar que había aprendido algo después de la ruptura con Verónica, que ya no buscaba ni la diferenciación exagerada ni la pasión desenfrenada. Me gustaría demostrar que tenía una mejor capacidad para identificar y corregir los errores del pasado, y honestamente, estoy tentado a darle varios retoques a ese período de mi vida. Pero pienso que la repetición es quizás la forma más integral de esta porción del relato. Si bien todas nuestras relaciones tienden a reproducir ciertos patrones, las relaciones en idioma extranjero lo hacen en un sentido más estricto. Como literalmente has aprendido las palabras de amor de tu primera pareja, estás forzado a emplear ese vocabulario con la segunda, y así sucesivamente, hasta tener un acervo lingüístico y gestual lo bastante diverso para poder variar. Les ahorraré gran parte de esa repetición, pero no estaría mal que tuvieran una idea de algunas de las dificultades que me ocasionó el traslado del lenguaje romántico de la meseta central mexicana a la costa fluvial rioplatense:

¿Te quedás en casa esta noche, amorcito?

No soy tu novia mexicana.

¿Te quito los pantis?

Mejor la bombacha, pero ya se me fueron las ganas.

Te quiero un chingo.

Ni en broma me lo digas, ni en broma.

Varias personas me habían dicho que era obligatorio asistir a un partido de fútbol en el Río de la Plata desde el punto de vista cultural. A mediados de noviembre, Uruguay y Australia jugaban el repechaje para el Mundial en el estadio Centenario, y compré dos entradas para ver el partido con Maribel. Mientras pasábamos por los puestos de choripanes y escuchábamos los gritos de los vendedores ambulantes en las afueras del estadio, pensé en el único partido de fútbol que había presenciado en vivo hasta ese momento, una contienda entre los LA Galaxy y los New England Revolution en los noventa en que habíamos podido bajar hasta la primera fila porque no había más de doscientos espectadores. Entré ahora a otro mundo. El Centenario estaba repleto y aún faltaban veinte minutos para empezar. Unas 60.000 personas entonaban un refrán que por un breve momento confundí con el himno nacional: "Volveremos, volveremos, volveremos otra vez. Volveremos a ser campeones, como la primera vez".

Durante el primer tiempo el aire festivo me contagió. El defensor uruguayo Darío Rodríguez definió con un cabezazo a los 36 minutos, y los espectadores le rindieron homenaje con el otro gran canto de afirmación oriental ("Soooooy celeste, sooooy celeste, celeste soooy yo"). Maribel siguió parada un par de minutos, lanzando su mano derecha hacia el cielo y gritando con los demás. Cuando volvió a su asiento le dije que el partido me estaba ayudando a entender el nacionalismo. A diferencia de acá, le expliqué, en Estados Unidos los partidos deportivos más decisivos no se disputaban con otros países sino entre las ciudades o estados de la propia nación. En la competencia internacional, continué, o somos demasiado buenos, como en el básquet, o demasiado malos, como en el fútbol, para que la gente se interese mucho. Claro, repuso ella, en el momento en que ustedes se dieron cuenta que no podían ganar en el deporte más importante a nivel mundial, decidieron quitarle importancia. Me encogí de hombros. Creo que es así.

Al arrancar el segundo tiempo, la hinchada ya estaba pidiendo más, desconfiada (y con razón) de que la ventaja de un gol fuera suficiente para asegurar la victoria tras la vuelta en Australia la semana siguiente. En un momento, el delantero uruguayo

Zalayeta erró un pase que le llegó directamente a su rival, perdiendo así una oportunidad de ataque. Atrás mío, se oyó una serie de abucheos: "¡Eh negro, qué hacés!", "¡Negro boludo!" y después "¡Negro de mierda!" Me quedé helado. Zalayeta era, efectivamente, negro, y uno de los pocos negros en ambos planteles. Le miré de reojo a Maribel.

¿Escuchaste eso?

¿Qué?

Que le dijeron negro a Zalayeta.

¿Y qué, si es negro?

Lo dijeron de forma despectiva, dije.

¿Por qué decís eso?

Porque le dijeron "negro de mierda". ¿No escuchaste?

No. Ahora me miró con más atención. Dejate de joder, Jeff, Zalayeta es uno de nuestros máximos jugadores y la gente lo quiere mucho. Por favor, veamos el partido.

Volví al partido sin contestarle. Minutos después, uno de los mediocampistas uruguayos se adelantó a los defensores rivales y se chocó con el arquero. Parecía que el arquero le había dado con la pierna, pero el árbitro hizo señas de que no hubo falta. Gritos, pitas, y siseos. Y de repente, otro coro: "A estos putos les tenemos que ganar, a estos putos les tenemos que ganar". La miré directamente a Maribel, y ahora ella encontró mi mirada.

¿Ay, Jeff, qué te pasa? ¿Te molesta que digan puto?

Sí, de esa forma, sí.

¿De qué forma?

De una forma ofensiva y, ¿cómo se dice?, homófoba.

Homofóbica, me corrigió, y luego, ¿así lo están usando?

Me parece que sí.

¿Y me estás culpando a mí?

No, supongo que estoy culpando a la sociedad uruguaya.

Genial, llevás un par de meses acá y ya sos experto en la cultura uruguaya.

No dije eso.

No, claro, vos sos muy educado como para decir algo así.

Otra vez volvimos a ver el partido. Terminó 1-0 a favor de Uruguay, y si bien los hinchas no quedaron totalmente satisfechos con el resultado, a fin de cuentas, la celeste había ganado. Saliendo del estadio, se sentía una alegría moderada y una esperanza contenida.

Regresamos al centro en taxi, y al llegar a 18 de Julio, no pude contenerme más. Perdona que haya arruinado el partido. Pero es que me parece mal, muy racista. Ella hizo un ademán brusco con las manos. Te pido, Jeff, que no me rompas más las pelotas. Te lo ruego, por favor. Lo único que me falta en esta vida es que un yanqui blanquito venga a decirme que soy racista. En tu país segregaron a los negros durante más de un siglo, ¿no es cierto?

Sí.

¿Y allá sigue habiendo muchos prejuicios sobre los negros?

Claro, como acá.

No estoy hablando de acá. Estoy hablando de allá. Es que ustedes creen que por no decir las cosas como son, las cosas dejan de serlo. Acá les decimos negros a los negros, pero no los encerramos ni en los *ghettos* ni en las cárceles.

No digo que Estados Unidos sea mejor.

Sabés qué, dijo con un suspiro, estoy muy cansada, y ya no tengo ganas de discutir. Abrió la portezuela y salió del taxi. Gracias por invitarme. Hablemos esta semana. Me besó en la mejilla. Chau.

Al volver a la pensión, vi que Emilio estaba en su cuarto y le conté lo que había ocurrido. Escuchó en silencio, y luego me preguntó si me había peleado con ella solamente por eso. Le dije que sí.

Ta, ¿y estás seguro de que la pelea viene de allí, y no de otra cosa?

Creo —estoy seguro— que me sigue pareciendo mal. No sé qué puedo extrapolar de eso.

Bueno, Jeff. Acá el "negro" es un apodo común. Muchas veces ni siquiera lo usamos en el sentido racial. En realidad, todos los apodos son así. Le decimos "gordo" a un flaco, y "flaco" a un gordo, y así por el estilo.

Pero en este caso…, empecé a explicar. Luego paré. No importa, le dije.

Me dirigió una sonrisa comprensiva. De

morocho a blanco te digo que así son los partidos de fútbol acá.

Bueno, de blanco a casi blanco te digo que está mal.

Otra vez sonrió. Me parece que si tanto te importa nuestra situación social deberías ocuparte por el capitalismo tardío que va a terminar acabando con todos nosotros.

Muy bien, Emilio, respondí, al retirarme de su habitación. Seré más como el Che.

La discusión con Maribel me dejó un mal sabor, y durante las próximas semanas, traté de descorporizarlo volviendo más fija mi rutina universitaria. Todas las mañanas iba temprano a la facultad, caminando por 18 de Julio y parando en alguna panadería para comprar media docena de bizcochos de dulce de leche. Pasaba mis horas libres en el cibercafé o en la Biblioteca Nacional, un espacio irremediablemente nostálgico donde los libros aún se buscaban (y se buscan) en tarjetas amarillentas organizadas por tema, título y autor. Almorzaba siempre en el mismo restaurante de comida *express*: milanesa de pollo con ensalada rusa y un vaso de agua con gas. A la tarde, si no tenía clases, salía a correr por la rambla. El único desvío que me permitía era una visita cada dos o tres días por Tristán Narvaja, la calle de las librerías, en busca de alguno de los libros que había oído nombrar en la facultad. Pero por más que me esforzaba en buscar continuidad, no lograba quitarme la idea de que yo mismo estaba cambiando. Me cuesta precisar con exactitud la naturaleza de ese cambio: la frase que me viene a la mente ahora es que *se me pegó el medio*. Mis búsquedas por Google no dan con ningún uso de esa frase, así que tendré que haberla inventado. ¿Qué pretendo comunicar con esa frase? Al nivel más básico, supongo que expresa el hecho de que yo nunca había pasado tanto tiempo fuera de Estados Unidos, y que el conjunto de ideas que daba coherencia a mi vida de allá ya se empalidecían, reemplazadas por las impresiones más recientes del Río de la Plata. Obvio, me dirán, eso es lo que significa vivir. Pero también tiene para mí una connotación más anómala. Sentía a veces que el ambiente del sur me estaba vigilando los pasos, esperando a que yo tropezara un poco o para pegarse a mí (cual bicho de mata) o directamente para pegarme (cual boxeador peso mosca).

De todos modos, me parece que el nocaut final a ese estado yoico se dio en la facultad. En las clases de historia, habíamos pasado de las grandes transformaciones de principios del siglo XX —la revolución mexicana, el surgimiento del partido radical en Argentina, el Battlismo en Uruguay— al inicio de la guerra fría, ejemplificada con el derrocamiento del gobierno socialista de Jacobo Árbenz en Guatemala. Si bien había estudiado el intervencionismo norteamericano en Estados

Unidos, y aceptaba sin reservas cualquier crítica al gobierno de Bush, me incomodaba que en el contexto académico mi país se identificara tan plena y llanamente con la palabra "imperio". Yo era el único norteamericano en el curso, y aunque mis compañeros me trataban bien ("nuestro amigo yanqui" me decían con cariño) me resultaba difícil no sentirme aludido en algunos de los debates que tuvimos sobre la agresión estadounidense. Esa incomodidad se tornaba en molestia cuando los integrantes de una de las organizaciones políticas estudiantiles empezaron a repartir volantes por la facultad con el siguiente enunciado: «En defensa de los pueblos de Mercosur y de Venezuela, ¡no a los malos europeos y a los peores americanos!»

Una tarde, al salir de la clase, me acerqué a uno de los estudiantes que rondaban la mesa de la organización y le dije: Sólo para que sepas, hay varios europeos y americanos acá en la facultad, y no todos somos malos. Luego bajé las escaleras a la calle, y me puse a caminar rumbo a mi casa. Unos segundos más tarde, él me alcanzó. Me dijo, sin ningún atisbo de rencor, que le parecía que yo había malentendido el mensaje. Esa frase es de Artigas, dijo, el más famoso de nuestros próceres, y allí se está refiriendo a los americanos de acá —nos decimos americanos a nosotros mismos, no a los estadounidenses. Nuestra organización usa la frase para hablar de los políticos rancios del continente, los que siempre están del lado de los grandes capitales extranjeros y nunca de los gobiernos de izquierda. No estamos en contra de todos los norteamericanos, ni mucho menos. Sí de la dependencia económica y política, que sufrimos desde hace más de un siglo. Me demoré un segundo en comprender su explicación, y luego sentí una humillación doble. Había socavado no sólo la lógica política de lo que yo le había dicho sino también mis pretensiones a la competencia lingüística. Balbuceé una respuesta que no era para nada una disculpa —creo que dije que aun así no todos los europeos eran malos. Bueno, dijo él, antes de volverse a la facultad, solo quería aclarar.

No pude dejar de pensar en el encuentro en los próximos días. En la calma de mi habitación y en el silencio de la biblioteca, pasaba a revista sus palabras y las de Artigas (averigüé por internet, él tenía razón). ¿Cómo me había equivocado así? En muchos lugares de América Latina se refería a los estadounidenses como "americanos", aun cuando se criticaba el gesto colonizador que implicaba restringir ese apelativo a un solo país. Pero en el Río de la Plata, lo sabía muy bien, era más común hablar de nosotros como "norteamericanos", reservando el nombre de "americanos" para los habitantes del continente latino. En la misma materia de historia usaban la palabra "americana" en ese sentido bolivariano, excluyendo los dos países angloparlantes al norte del hemisferio. Es verdad que unas contadas veces había escuchado a algún rioplatense hablar de mis compatriotas como "americanos", pero siempre por fuera del contexto académico. A fin de cuentas, la razón por la que yo había tergiversado el dicho de Artigas era que no había podido o no había querido leerlo de otro modo. El héroe nacional de Uruguay había hecho su crítica más acérrima a su propio pueblo, y yo la había internalizado como una afronta a mi ser (norte)americano.

Ese malestar no hizo más que acentuarse. Por esas mismas fechas, en el curso particular sobre literatura argentina que había arreglado con el director del programa de *study abroad*, leímos *Operación Masacre* de Rodolfo Walsh, el libro de no ficción que cuenta la historia de un grupo de hombres ejecutados sin juicio por participar en una reunión peronista un año después del golpe contra Perón. La profesora del curso se llamaba Lidia, y aunque yo no la había conocido en persona, manteníamos un caluroso debate digital que superaba por mucho mis expectativas. En mi breve periodo argentino, había evitado a propósito la literatura de Walsh, convencido (sin conocer más que un par de frases suyas) de que su presencia en la Facultad de Filosofía y Letras se debía más a su postura política que a los méritos de su escritura. Pero ahora, lejos de la UBA, y con la exposición reciente de mis prejuicios valorativos azotando el recuerdo, el libro de Walsh me deslumbró. «Lo más interesante de *Operación Masacre*,» le escribí a Lidia en el informe que le mandé por correo electrónico, «es la manera en que Walsh contrasta su libro con la literatura más tradicional, como si las propias circunstancias del crimen de estado le hubieran impuesto la tarea de contar la historia de estos hombres injustamente masacrados. "La violencia me ha salpicado las paredes", escribe en el prólogo, y esa metáfora sirve para justificar el desplazamiento de la "novela seria" a la "no ficción"». Más adelante puse: «La ruptura con las normas de la novela tradicional también se ve en su decisión de no terminar la novela de forma clásica. En ediciones posteriores al de 1957, se incluye el seguimiento del caso hasta el "juicio" del General Aramburu en 1970 por parte de la guerrilla. Para Walsh, es como si el libro no pudiera concluirse sin que se hiciera justicia a los responsables». A los pocos días, Lidia me devolvió el archivo con un comentario al final: «Excelente tu observación sobre las ediciones posteriores a la del 57 (recuerda que la palabra "ediciones" es femenina). Agrego sólo un punto: para el año 70, Walsh ya pertenecía a la organización de los Montoneros, los mismos que ejecutaron a Aramburu. Es decir, él mismo fue uno de los actores involucrados en la historia». Su comentario me causó otra sacudida cognitiva. ¿Es decir que Walsh, además de escritor y mártir, también había sido asesino? ¿Asesino justificado? ¿Se puede justificar el asesinato extrajudicial? En ese momento, me surgió una imagen de Walsh y Artigas flotando sobre mi cabeza cual dos espectros de *Un cuentico de navidad*, un par de sureños fantasmales que venían a advertirme que literalmente estaba perdiendo el norte.

En los últimos trabajos del semestre, resolví entrar de lleno en el tema de la injerencia norteamericana en el continente. Para mi informe final de la materia de historia, escribí sobre el apoyo del gobierno norteamericano a las dictaduras del cono sur. En el examen de literatura latinoamericana, el profesor nos pidió que analizáramos el cruce entre lenguaje poético y discurso político en uno de los textos que habíamos visto en el semestre, y me enfoqué en el poema "A Roosevelt" de Darío. Memoricé su acusación al presidente norteamericano («Crees que la vida es incendio,/que el progreso es irrupción») y su reivindicación de la tradición indígena («Mas la América nuestra, que tenía poetas/desde los viejos tiempos de Netzahualcoyotl»), y me cuidé de deletrear bien el nombre de ese gran tlatoani, ya que no era permitido traer apuntes al examen. En el sistema inexplicablemente duodecimal de la facultad, saqué ocho puntos en ambas materias. A diferencia de Estados Unidos, donde las calificaciones son un asunto privado entre alumno y docente, en la Facultad de Humanidades todas las notas de los estudiantes estaban visibles, ordenadas alfabéticamente por nombre en hojas pegadas a las paredes. Quería esconder las mías. Cuando fui a ver al profesor en sus horas de atención —el programa de *study abroad* nos alentaba a buscar ese trato personal— me dijo que el análisis estaba bien pero que tenía que aprender a usar acentos en el español escrito. Le pregunté si no me estaba aconsejando básicamente que mejorara mi acento. No era un hombre dado a las bromas.

A mediados de diciembre, al terminar el semestre, regresé a Estados Unidos para las fiestas. Como sólo había alquilado la habitación en la pensión por tres meses, no pude dejar nada atrás, y pasé un par de días juntando mis cosas y muriéndome de calor. El día anterior al vuelo, Maribel me acompañó al mercado artesano de Montevideo a buscar un regalo navideño para mis padres, y terminé comprando una monumental menorá de vidrio. No fue un gesto tan perverso como parece: mi familia solía celebrar las dos fiestas y ese año la primera noche de Hanukkah caía el mismo 25 de diciembre. En total, permanecí un mes y medio en Estados Unidos, la mitad en California y la mitad en Massachusetts. Estaba inquieto durante todo ese período. En casa, mis padres pedían detalles: ¿Qué tal la ciudad, la comida, los amigos, la pensión, el ánimo? Las respuestas a esas preguntas estaban en mi diario, pero yo les quería contar algo distinto, algo sobre el modo en que Montevideo me estaba cambiando. Intenté explicárselo un par de veces, infructuosamente. En Amherst, donde había viajado después del año nuevo, me desesperaba volver a lo mismo de siempre, y me parecía que el *college* me estaba quedando chico [tanto la frase como la sensación me sabían rioplatenses]. Mis amigos, la mayoría de los cuales habían hecho su *study abroad* en España o en Francia, volvieron eufóricos de sus estancias en el extranjero, y mis indagaciones sobre la historia rioplatense no aportaban mucho a la conversación colectiva. Hablaba dos o tres veces por semana con Maribel, pero la sentía muy lejos, incluso se oía lejos, no sabía si por las tarjetas de prepago que usaba para llamarla o por el teléfono fijo en la casa de ella.

Volví a Montevideo a finales de enero del 2006, faltando más de un mes para el comienzo del nuevo semestre. Me instalé en un hotel del centro, y como hacía un calor infernal y el hotel no tenía aire acondicionado, corrí el ventilador grande al lado de la cama y no me moví de allí. Maribel y yo habíamos tanteado la idea de hacer un viaje largo por Argentina hasta las provincias norteñas de Salta y Jujuy, pero a la vuelta resultó que su padre, que tenía casi ochenta años, estaba mal de salud. Tras dos semanas de llamadas cortas y algo desesperantes para mí (No puedo hablar ahora. Te llamo después. Beso, chau), descartamos el plan. Le pedí prestado a Emilio *La vida breve* de Juan Carlos Onetti, y esa semana no hice más que leer, dormir, comer, y pensar. El tema con Onetti, me comentó

Emilio cuando le devolví el libro, es que no sabés si lo estás leyendo porque sos una persona melancólica o si te estás convirtiendo en un melancólico porque lo estás leyendo. Me sentía fatal y ahora me siento más fatal, le dije, no sé qué significará. Que te estás uruguayizando, me contestó, nada más que eso.

A mitad de enero, otra vez me puse a buscar dónde vivir. Al principio, tenía el plan de alquilar un cuarto en otra pensión, o por lo menos un apartamento en el centro, para seguir viviendo en el corazón de la ciudad. Pero una vez que me puse a revisar la sección inmobiliaria del periódico, y vi que los alquileres estaban muy por debajo de lo que hubiera pagado en cualquier sitio en Estados Unidos, empecé a curiosear. Había estado en Punta Carretas, conocía la zona de Parque Rodó. ¿No sería bueno encontrar algo un poco más cómodo, más cerca de la rambla, quizás con balcón? Recorrí varios lugares, barajé varias opciones, y al final elegí un apartamento en el barrio de Pocitos a dos cuadras de la rambla, con un dormitorio, un living amplio, y un balcón. Me saldría 250 dólares al mes. Sin embargo, cuando me reuní con el agente inmobiliario para firmar el contrato, me pidió no sólo los primeros dos meses del alquiler, sino tres meses más de garantía. Todo en efectivo. ¿O sea que mañana tengo que entregarle a usted mil cuatrocientos dólares? le pregunté asombrado al agente. Así es, contestó. Pero no se preocupe, es normal acá. No me parece normal, le respondí, pero igual, ¿me puede explicar una vez más cómo llegamos a esa cifra? Mis padres van a tener que sacar el dinero de mi cuenta bancaria y girarlo por Western Union, y quisiera explicarles bien lo de los costos. Por supuesto, dijo el agente, y luego, sonriendo, ¿usted es de la colectividad?

¿Cómo?, solté.

¿Usted es judío?

Sí, le dije, de parte de mi mamá.

Nada, se aceleró a decir, es que tengo muchos clientes de la colectividad, y siempre se interesan mucho en los precios, como que se fijan bien.

Sus palabras tardaron un poco en surtir efecto. ¿El agente me estaba diciendo que era tacaño, avaro, miserable? ¿Yo estaba experimentando, de la forma más directa hasta ese momento de mi vida, el antisemitismo? Esa duda fue rápidamente desplazada por otra. ¿Cómo lo sabía? Siempre había pensado que mi nombre y apellido me permitían "pasar", que en el trayecto de Rosalie Roth Rosenblum (mi abuela materna) a Jeffrey Lawrence se había dejado atrás toda marca semita. Pero ahora regresaron a mi mente las palabras de Maribel sobre las reglas discursivas en Estados Unidos. ¿El comentario del agente era simplemente un estereotipo que le hubiera lanzado a cualquiera, sin repararse en el aspecto físico? ¿O en realidad los norteamericanos me identificaban como judío y simplemente no me lo decían? No es que me interesen los precios, le dije al salir de ese torbellino mental. Es una cantidad enorme de plata, y quiero asegurarme de que todo esté bien puesto aquí. Deme un momento por favor.

Qué hijo de puta, se rio Maribel al escuchar la historia, cuando por fin apareció en el apartamento de Pocitos la semana siguiente, con la mochila puesta y la matera colgando del hombro izquierdo, vestida en su jogging de siempre. La verdad es que la veía mejor que nunca. Su padre ya se había recuperado, y el apartamento claramente le agradaba mucho más que mi escuálida habitación de pensión. Pero para contestar tu pregunta, continuó, yo te identifiqué como judío desde el principio. Te delata el pelo encrespado, dijo al tocar mi pelo, y la nariz levemente aguileña, dijo al besarme la nariz. Entró a mi cuarto, se asomó al balcón, abrió el armario. Dijo que el apartamento no estaba nada mal. Abrió la heladera. Jeff, no hay nada adentro. Sacó algo de su mochila. Te traje una torta de pascualina, la comemos más tarde, ¿ta? Quedé contemplativo por un momento, admirado de su capacidad por regresar tan despreocupadamente al trato cotidiano que teníamos antes de que yo viajara. Ella me miró un momento largo y me preguntó en qué pensaba, pero decidí que no valía la pena sacar el tema de nuestro distanciamiento emocional. En nada, le dije, ¿qué tal si vamos a la rambla a tomar unos mates?

Esa misma semana, tuve las primeras clases del nuevo semestre. Me tocaba la materia de Literatura

Uruguaya, con un profesor legendariamente malo, y el seminario de Literatura Latinoamericana, con un profesor legendariamente bueno. El seminario se llamaba "Roberto Bolaño y la tradición latinoamericana", y marcó un antes y después en mi vida literaria. Soy muy consciente del hartazgo colectivo con los norteamericanos que se extasían con la figura de Bolaño, e incluso hay quienes afirman por allá —ironía de ironías— que la canonicidad de Bolaño se debe principalmente a su éxito en el mercado yanqui. Eso habrá sido noticia para los estudiantes de aquel seminario del 2006, que discutieron con fervor las obras más emblemáticas de Bolaño antes de que estas se tradujeran al inglés. Es difícil explicar lo que significó la lectura de sus textos en ese momento, más allá de la certeza de que aquí había algo nuevo. Pero si tuviera que poner las manos en el fuego, diría que el regalo más importante que me proporcionó Bolaño fue su mapa en escala grande de la cultura hispanoamericana, o quizás mejor dicho su guía para explicarnos el mapa hispanoamericano, una guía repleta de humor y de sabiduría, pero sobre todo con honestidad, un tipo de honestidad que incomoda y titila y que a la hora de hablar de ella (y aquí le doy algo de razón a los críticos) puede desplegarse en una serie de clichés como los que acaso estoy repitiendo ahora. Compré todos los libros que pude localizar de Bolaño —en ese momento, los únicos que no estaban agotados en las librerías eran *Estrella distante, Los detectives salvajes*, y *Llamadas telefónicas*— y en el cibercafé leí todas las entrevistas que encontré por internet.

Sospecho que el efecto de esas lecturas también fue intensificado por los comentarios del profesor titular del seminario, un hombre alto, tosco y ferozmente inteligente que compartía con Bolaño el arte de los exabruptos geniales. Tras un debate particularmente espinoso sobre la teoría literaria, observó que los alumnos citaban con gula a Adorno y a Foucault y a Spivak pero ni siquiera se daban cuenta que había profesores en la propia facultad que trabajaban sobre los mismos temas. Acuérdense de vez en cuando, sentenció, que viven en el Uruguay. Otra vez despotricó contra un estudiante cuya presentación sobre los cuentos de Bolaño fue un popurrí de referencias que iban desde Boccaccio y Aquino a Raymond Carver, Enrique Vila-Matas, Fredric Jameson y Julia Kristeva. Si metes en el mismo saco un gato y un perro y un caballo y una culebra, dijo, no hay problema, pero tenés que saber que estás metiendo un gato con un perro con un caballo con una culebra. Al principio su comportamiento me inspiró una buena dosis de miedo, pero poco a poco me encariñé con él, viendo su compromiso intelectual con los mismos estudiantes que tan despiadadamente criticaba.

Fue el semestre de los libros. Si bien el profesor malo concebía el salón de clase más como una sesión de terapia que como un lugar para la enseñanza, armé mi propio "cronograma" con el programa del curso y complementé mis lecturas de Bolaño con un sondeo de la literatura uruguaya. Comencé con Rodó y los modernistas (Herrera Y Reissig, Augustini, Ibarbourou), luego pasé a la llamada Generación del 45 (Onetti, Somers, Benedetti, Rama, Vilariño, Rodríguez Monegal), y finalmente a los más contemporáneos (Rosencof, Peri Rossi, Levrero, Galeano). Hasta llegué a comprar, en las librerías de viejo, algunos polvorosos ejemplares de la icónica revista *Marcha*, monocromáticos números sobre la cultura de masas en América Latina, el peronismo, o la teoría del foquismo. De ese año también data mi primera lectura del Che Guevara y mi primer contacto con el indigenismo de Mariátegui, Castellanos, y Arguedas. Por las noches, cuando me ganaba el aburrimiento, alternaba las películas con los libros. En ese entonces, había una sede de la cinemateca uruguaya en Pocitos, y por primera vez en mi vida, empecé a ir solo al cine. Como la gran mayoría de los norteamericanos, mi conocimiento no iba mucho más allá del cine comercial y algunos de los films de la tradición norteamericana independiente, pero en la cinemateca, vi películas de Rossellini, de Kusturica, de Patricio Guzmán.

Buscaba, en fin, ser cultural. En mi memoria, esos meses se han erigido como el inicio de la etapa intelectual de mi vida. Fundamentalmente, soy lo que fui o lo que construí en ese período. Pero por eso mismo percibo ahora las fallas que peligraban los cimientos del edificio, la impaciencia congénita que me condenaba a montar una vida a medias. En lugar de quedarme más tiempo, en lugar de absorber con detenimiento todos los matices sociales, asimilé de prisa todo lo que encontraba a mi alrededor: libros, películas, eventos, charlas, e incluso gente. Sólo así —hay que admitirlo— volví a sentir atisbos del romanticismo que había perdido después de mi salida de México. En casa, planeaba viajes con Maribel a California, a Río de Janeiro (donde ella había vivido un tiempo), a las playas más lindas del norte de Uruguay. En el bar de la universidad, La Tortuguita, me reunía con Emilio a tomar cervezas, a intercambiar libros, y a idear proyectos para el futuro. Emilio había tenido que aumentar las horas que trabajaba en la empresa para cubrir una subida repentina en la renta del alquiler, y le urgía buscar un nuevo empleo, quizás una beca para estudiar en el extranjero. Me decía que en Uruguay casi no existía la posibilidad de ganarse la vida en el ámbito artístico a menos que uno estuviera afincado en la clase media alta montevideana. En Río Negro mi padre es pintor, dijo, y es buen pintor, pero igual ha tenido que sufrir mucho por hacer lo que a él le gusta hacer. Sinceramente, en el momento en que tenga que elegir una carrera, eso me va a pesar mucho. Pedimos una *grappamiel* para finalizar la noche. Quería animarlo. Levanté el vaso y le dije: sigamos dándole con todo lo que tenemos, Emilio, hay que saltar para adelante. Salir para adelante, me corrigió con una sonrisa. Como buen yanqui, siempre con el espíritu emprendedor.

El frío regresó, y en los dos meses que faltaban para volver a Estados Unidos, reanudé la práctica de leer en cama. Hacía pedidos a domicilio de una pizzería que colindaba con mi edificio, y en la luz mortecina de las tardes de junio, empecé a escribir algunos poemas en español. Aún conservo uno de ellos, que tiene todas las marcas tonales de la antipoesía de Nicanor Parra, a la que había llegado por mis lecturas de Bolaño. Lo reproduzco aquí porque no queda mejor registro de mi vida sentimental de esos meses:

Ahora que me pregunten en Estados Unidos lo que quiero ser,
si empresario
o abogado
o estudiante de posgrado,
les voy a decir que ya sé lo que soy,
y lo que soy es uno de los tantos poetas latinoamericanos,
una especie de Conrad barato, pero al revés.
Y cuando se me queden mirando como si estuviera fuera de mis cabales,
como seguramente lo estaré,
les voy a decir que se jodan (pero en inglés, que queda más feo),

y luego me voy a dar un baño caliente
y pensar largamente en qué mierda me estoy metiendo.

Le puse como título "Manifiesto". Se lo mostré a Emilio el último día que quedamos en La Tortuguita. No sólo escritor latinoamericano, se rio Emilio al terminar de leerlo, sino poeta maldito. Como buen uruguayo, ya no tenés remedio.

Un par de semanas después, Maribel vino a mi apartamento, y apenas traspuesto el umbral, me dijo que quería hablar. Me encantaría imaginar un futuro juntos, dijo con los ojos aguados, me gustaría visitarte, pasar las vacaciones con vos, quizás incluso ir a vivir allá algún día. Pero no puedo. No puedo dejar solo a mi papá. Estoy podrida de Montevideo, pero no puedo ilusionarme con un futuro que no va a llegar. Tengo que hacer mi vida acá, ¿entendés? Entendía. No habíamos tenido relaciones en varias semanas, y sus palabras sólo parecían confirmar algo que habíamos decidido hacía meses, si bien ninguno de los dos tenía la valentía de articularlo hasta ese momento. Comimos una torta, tomamos unos mates, y nos despedimos. Abrazo fuerte, le dije al apretarla contra mi cuerpo, como si estuviera dictando ese momento en lugar de vivirlo. Besito, me respondió entre lágrimas, rozando sus labios brevemente con los míos. Pasé los siguientes días en Montevideo haciendo largas caminatas por la rambla, inmerso en monólogos interiores tan intensos que solía encontrarme a varios kilómetros del último punto que recordaba. Como mi vuelo de regreso a Los Ángeles salía de Buenos Aires, decidí tomar el Buquebus tres días antes de mi partida para hacer las paces con la ciudad que por tanto tiempo había aborrecido. Fui solo al puerto en Montevideo, sin fanfarria.

Ya en Buenos Aires, busqué un hostal cerca del microcentro. Durante mis salidas diurnas, veía con otros ojos los cafés, los museos, los centros culturales. En las librerías de la Avenida Corrientes, miraba los títulos, acariciaba los lomos, y gastaba todos los pesos argentinos que me habían quedado de la estancia anterior. Sentía que por fin comprendía algo de la gramática cultural de la ciudad, y aún más intensamente, sentía que quería pertenecer a ella. En ese estado un poco alterado, fui a la casa de Pablo y Renata, y nos despedimos con un almuerzo agradable en el que me cuidé de disimular la exaltación. Al otro día quedé con Lidia en un café cercano a la Facultad de Filosofía y Letras. Fue la primera vez que la conocí en persona. Tenía alrededor de cuarenta años, y llevaba jeans rasgados que hacían juego con su corte de pelo punk. Sin más, le expliqué los sentimientos que me movían. Me dijo que ya los había intuido en el poema que le mandé. Yo pasé mucho tiempo en la academia norteamericana, dijo, y tus temores no son infundados. Allá todo el mundo sigue las modas teóricas como si fueran los índices de la bolsa de Wall Street. Por favor, no hagas eso. Seguí siendo lector.

Volví a California en junio del 2006. Ya en casa de mis padres, les hablé de mis sueños y mis planes, o más bien los sueños que estaba decidido a convertir en planes. Quiero ser escritor, les dije, ahorrándoles el predicativo de "latinoamericano" para aparentar por lo menos un poco de cordura. ¿Cómo vas a vivir? me preguntó mi madre. No sé todavía, le contesté. Antes de volver a Amherst para el último año, escribí otros poemas en español y un cuento sobre un robo en Buenos Aires con la narración en inglés y el diálogo en español. Hasta ideé una novela así basada en mis romances, creyendo que esa estructura bilingüe podría llegar a ser mi marca personal. Pero eventualmente desistí. Yo era tímido, y ponerme a disputar el papel de escritor latinoamericano habría sido un acto soberbio, si no una imposibilidad. Además, con los estudios que ya había hecho sobre América Latina, mi perfil académico se alineaba bastante con lo que se pedía para un estudiante de posgrado, y algunos de mis profesores en Amherst me animaron a solicitar un doctorado en literatura. Con el paso del tiempo, olvidé de las aspiraciones de ser escritor plasmadas en el "manifiesto", y luego del poema mismo. Lo encontré casi una década después, en su versión manuscrita, durante una visita a la casa de mis padres en California. Estaba en una caja de cartón, al lado de mi diario uruguayo y las dos entradas que había guardado del partido Uruguay-Australia.

Nueva York

No volví a vivir en ningún país hispanohablante después del 2006. Sin embargo, entre el 2007 y el 2016, hice múltiples escapadas a México, a España, y a Puerto Rico además de varias estancias extendidas en el Río de la Plata. A lo largo de esa década, terminé un doctorado en literatura latinoamericana y pasaba la mayor parte del tiempo en Nueva York. Visto desde una óptica normal, lo que tenía en Estados Unidos era una vida completa: amistades sólidas, familia querida, trabajo más o menos estable. Pero visto desde lo que yo seguía concibiendo como mi deber latinoamericano, ese período consistió en un periplo largo e interrumpido. Todos los años me hacía las mismas preguntas: ¿viajo o no al extranjero? ¿Me quedo más tiempo? ¿Estaré perdiendo mi español?

Ya en los años posteriores a mi vuelta del *study abroad*, el acento rioplatense se me fue quitando lentamente. Lo reemplazó un pastiche de los distintos registros y tonalidades de mis amigos hispanos en el doctorado. Durante las vacaciones de verano, solicitaba fondos de la universidad para hacer investigación en el exterior, y cuando viajaba, muchas veces en compañía de dichos amigos, sentía el mismo afán de imitación. Era como el niño perverso polimorfo de la lengua: veo, mimetizo, y me voy. Por otra parte, me resultaba cada vez más inverosímil jugar al forastero inocente. En todos los países que frecuentaba, tomaba café con escritores, me reunía con militantes, iba a los teatros más históricos (y también a los más *cool* y *underground*). Seguía los vaivenes de la política continental, y me enteraba de los chismes de quién había hecho qué con quién en los festivales literarios. Para el 2017 ya era un flamante profesor. Había conseguido un puesto de *tenure-track* en el Hispanic Languages and Literatures Department de una universidad estatal de Nueva York, y vivía en un pueblo histórico de Long Island, a veinte minutos en coche de la universidad y a una hora de Manhattan.

Me consta que habrá quien lea el párrafo anterior y me etiquete inmediatamente de extractivista. Está bien. No seré yo el que vaya a rebatir esa lectura. En todo caso, mi gran odisea latinoamericana se interrumpió en el momento en que la pandemia llegó a Nueva York. A mediados de marzo del 2020 cerraron la universidad, y una semana después se impuso el confinamiento parcial. Dicté las últimas clases del semestre virtualmente. Mirando las caras de mis alumnos en sus respectivas casillas del videochat, escuchándolos intercambiar frases en un español lento y trabajoso, me daba por pensar que el virus terminaría impidiendo que algunos hicieran el *study abroad* que tenían programado para el otoño. ¿Existiría alguno que se hubiera latinoamericanizado en ese viaje del mismo modo que yo? Me resultaba imposible saberlo en el momento. Todo indicaba que yo tampoco iba a salir de Estados Unidos ese año, y poco a poco, el encierro se convirtió para mí en el símbolo del fin de algo: la posibilidad de escape, quizás, o incluso de la etapa hispana de mi vida.

A finales de abril, después de despedirme de mis estudiantes en una sesión lacónica de Zoom, me entró una desazón que no había experimentado en mucho tiempo. Anticipando ya la falta de un giro sudamericano ese verano, busqué simularlo virtualmente, sumergiéndome en el mundo rioplatense a través de la palabra escrita y la imagen hablada. Leí *Blackout* de María Moreno, *Cicatrices* de Juan José Saer, y más de la mitad de los *Cuentos completos* de Hebe Uhart. Vi por primera vez *La mujer sin cabeza* y *La niña santa* de Lucrecia Martel y todos los capítulos de la serie *El marginal* que estaban en Netflix. Tragué de un bocado *La novela luminosa* de Mario Levrero, que llevaba casi diez años recriminándome desde el estante más próximo a mi mesa de trabajo, y me adentré por primera vez en la poesía de Ida Vitale. Al principio me sentía reconfortado por esas voces sureñas, pero a partir de la tercera semana me empezaba a costar trabajo compaginarlas con la realidad neoyorquina que me circundaba. En una de aquellas noches, apagué el Smart TV en medio de un film del nuevo cine argentino y fui a buscar mi colección de libros de Henry James. Estaba a punto de resignarme a un futuro a medio plazo en el que la cultura norteamericana diera las pautas a mi vida emocional. Saqué *The American*, uno de mis preferidos de James, y en el segundo párrafo llegué al retrato del personaje principal, un estadounidense de apellido Newman que recién ha llegado a la escena parisina finisecular. Todo hizo clic en ese instante: la idea de una novela autobiográfica en español, la imagen del protagonista de esa novela navegando por los países hispanos con la misma vacilación que yo tenía al traducir el título de James [¿El americano? ¿El *norte*americano?], la certeza de haber encontrado el epígrafe perfecto, ya que el narrador de James describe a Newman como un «*undeveloped connoisseur*» y declara que un observador no tendría ningún problema en determinar «*the almost ideal completeness with which he filled out the national mould*». Esta puede ser la solución, me dije, esta puede ser *mi* solución.

En ese momento empecé a escribir este libro. Los primeros párrafos los redacté con el corazón en la boca, pero pasada la medianoche, cerré el laptop y me fui a la cama, recordando el célebre consejo de Hemingway de que siempre es bueno dejar de escribir cuando todavía tienes algo que decir (me seguía saliendo el pragmatismo gringo). Sin embargo, apenas me senté a trabajar al día siguiente, se me ocurrió una idea para estimular el proceso creativo. Hacía varios días que Juan y Dalia, unos amigos españoles que vivían en Brooklyn, me decían que les urgía salir de la ciudad porque su niño de cinco años, Félix, estaba volviéndose loco por la falta de amigos y de espacio. La primera semana de abril ellos habían comprado boletos para irse a España, pero los inútiles de Iberia (palabras de Juan) ya les habían cancelado tres vuelos seguidos. La idea entonces era la siguiente: si yo los invitara a pasar un par de semanas en mi casa en Long Island, ellos obtendrían el cambio de aires que buscaban y yo un entorno hispanohablante que me ayudaría a avanzar con la novela. Cuando llamé a Juan y Dalia esa tarde y me confirmaron que habían hecho cuarentena durante las dos semanas previas, les conté mi plan de escribir una novela en español y mi idea para llevarlo a cabo. Sé que es una solución parcial para ambas partes, les dije en broma, porque ustedes preferirían estar en el sur de Europa y yo preferiría escribir el libro en el Río de la Plata y no entre gallegos. Qué lindo, che, respondió Juan con sarcasmo, a mí no me cuesta nada jugar a ser sudamericano, ¿cuándo venís a recogernos?

El siguiente sábado fui a recogerlos al mediodía. Los divisé de lejos, esperándome en la acera, y salí del coche con la mascarilla puesta. Félix me vio primero y al acercarse, me preguntó si había que hacer el distanciamiento social. Intercambié una mirada con Juan. Me dijo que no le parecía necesario porque de todas maneras estaríamos conviviendo en la misma casa durante varias semanas. Sonreí para indicar que estaba de acuerdo y Félix corrió para abrazarme. Saludé a Juan y a Dalia con abrazos también. Ellos eran mis amigos más viejos y cercanos de Nueva York. Juan era un compañero del doctorado que había escrito su tesis sobre el cine documental durante la época de la Transición y Dalia una artista visual. Ambos se criaron fuera de las zonas metropolitanas de España—él en el norte de Asturias, y ella en Orbara, un pueblo de Navarra con poco más de mil habitantes—pero se habían conocido en Madrid. A finales de los años noventa se mudaron a la ciudad de Nueva York y llevaban más de veinte años viviendo en Brooklyn. Cuando yo recién había aceptado el puesto en Long Island, solía pasar los fines de semana con ellos en su pequeño apartamento en Crown Heights. Iba por las mañanas a algún parque o museo con Félix y después me juntaba con otros amigos en algún café o bar. Pero últimamente no nos veíamos tan a menudo, ya que las tareas universitarias me mantenían trabajando en Long Island casi todos los fines de semana.

En el trayecto de vuelta al pueblo, la conversación giró alrededor de los distintos colectivos que habían comenzado a dialogar en esos días, una especie de efervescencia activista que Juan y Dalia afirmaban no haber visto desde los primeros días de Occupy Wall Street en Nueva York y el 15M en España, si bien el caldo de cultivo ahora no eran las plazas y acampadas sino las reuniones online. Ambos habían perdido familiares en esos meses, y su estado de ánimo se alternaba brutalmente entre la esperanza y la desesperación. Para aquel momento, se inspiraban mucho en la huelga de trabajadores de Amazon e Instacart aquí y en el debate sobre el ingreso mínimo vital en España, el tercer país más afectado por el virus después de Italia y Estados Unidos. Tampoco queremos ser exageradamente optimistas, aclaró Juan al mirar por la ventanilla los carriles desiertos de la Long Island Expressway, igual las cosas empeoran y todos morimos pasado mañana en un enorme ciclo-terremoto-cán.

Llegamos al pueblo por la tarde, y después de dejar las maletas en el apartamento, salimos a dar un paseo por el puerto. Félix se puso a recorrer la rambla de punta a punta, recogiendo caracoles de mar y dando pequeños gritos de felicidad cada vez que descubría un estilo de caracol nuevo. Observamos por media hora el meticuloso proceder de las gaviotas, que se desplomaban hacia el agua para pescar cangrejos y luego los tiraban al muelle desde la altura de los árboles con el fin de romperles la cáscara. Al rato, Félix se envalentonó y empezó a hacer pequeñas incursiones en la necrópolis marina pillando las cáscaras rotas. Su afán era contagioso y nosotros terminamos ayudándole en la empresa, entrando y saliendo del muelle como si estuviéramos rescatando los cuerpos de soldados caídos en el campo de batalla en medio de una contienda feroz. En un momento, Félix se distrajo de la misión y reparó en un nido encima de un poste telefónico. Adentro había dos águilas que observaban desdeñosas la escena que protagonizábamos. *Look*, dijo Félix, *a bald eagle's nest*. En realidad, eran águilas pescadoras, pero seguramente él había aprendido la frase en la escuela, donde le habrían enseñado algo sobre el águila calva o "americana", es decir, el ave nacional de Estados Unidos. Le aclaré la confusión, primero en inglés y luego en español. Dudó un segundo, pero luego me dio la razón. *"I really wish I could see a bald eagle someday though"*, agregó tras un segundo. No pude sino interpretar sus palabras, y la honestidad con la que las expresó, como índices de una ansiedad latente sobre sus capacidades de integrarse a este país. [Al leer esta frase, Juan me puso el siguiente comentario: «o podría ser también que Félix no tuviera ni idea de que el *bald eagle* es un símbolo de Estados Unidos, porque apenas sabe que existe algo llamado "Estados Unidos", y que simplemente la hubiera conocido en Wild Kratts, un *cartoon* sobre animales que le gusta mucho…»]

Al volver a la casa, Dalia empezó a sacar cosas para la cena de esa noche. Ellos son vegetarianos, y como ella había tenido miedo de no encontrar comida orgánica en el pueblo, compró un sinfín de productos en la co-op del Lower East Side antes de venir: verduras, pastas y aceites; probióticos, digestivos y tés. Últimamente, me había hablado mucho de lo mal que me alimentaba a diario, y le había prometido reflexionar más sobre la relación entre la comida y la política. Cuando abrió la despensa, hizo una mueca de disgusto al ver el aceite de canola, el frasco de salsa de tomate con sabor a chorizo, las dos cajas grandes del cereal Special K. ¿Qué quieres que haga?, le espeté, tratando de esquivar el reproche que estaba a punto de caerme, es que me gustan estas porquerías... No se trata de que te gusten o no, Jeff. Es que la marca Kellogg's es uno de los más grandes contaminadores del mundo. No sólo te están envenenando a ti con esas mierdas transgénicas, usan un montón de pesticidas que matan a los trabajadores. Justo en ese momento, Juan se asomó por la puerta y le dio un abrazo por detrás. Cariño, dijo, te estás convirtiendo en una pequeña dictadora de la cocina. Dalia se dio vuelta y le sonrió. Silencio, capullo, vete ahora mismo a hacer la sopa miso. Juan se apartó con la cabeza exageradamente agachada. Ese tipo de gestualidad marcaba su relación desde que yo los conocía. Siempre habían entendido la vida como performance, y siempre habían tratado la convivencia como un espacio en que los roles de poder, de edad y de género estaban sujetos a toda clase de inversiones y travestías. En ese momento,

Félix se sumó a la actuación. Señalando desde la mesa algunas latas de chile con carne apiladas en la despensa, él reprodujo la cara de disgusto que Dalia había hecho recién. ¡Qué asco, Jeff! Bueno, bueno, les dije, intentando desarmar de nuevo la situación, pondré atrás mis porquerías. Pero la escena ya estaba puesta, y Félix determinado a seguir con su papel. ¡Jolines!, exclamó, ahora en plena imitación de sus padres, incorporándose para asumir más autoridad. Jeff, ¡tú no puedes comer tanta carne, te va a matar la salud!

En los primeros días de la estancia de Juan y Dalia, establecimos las rutinas de casa. Por las mañanas, me levantaba temprano para escribir las primeras escenas de la novela mientras Félix leía un cómic en el sofá y sus padres se arreglaban en el dormitorio que compartían con él. Después del desayuno, en cuanto Juan y Dalia se turnaban con Félix, yo elegía un trozo del libro para repasar y hacía preguntas al que no estuviera cuidando al niño. Algunas tardes, consciente de que ellos necesitaban un tiempo para descansar, llevaba a Félix al puerto, en donde lo supervisaba en sus aventuras con las gaviotas y lo asistía en su búsqueda de caracoles, que él ya elegía con el esmero de un viejo coleccionista. Ahora que me dedicaba a delinear mis primeros pasos como aprendiz de español, prestaba aún más atención a sus hábitos lingüísticos. Por una parte, él representaba lo que yo quise haber sido y nunca fui: un niño bilingüe que pasa del inglés al español sin esfuerzo ni acento. En las conversaciones telefónicas que mantenía con sus primos en España, repletas de "vales" y "tíos" y "qué vas", se apreciaba su habilidad para amoldarse al lenguaje de su familia ibérica. Por otra parte, me resultaba imposible ignorar que su habla en inglés ya tenía rasgos inequívocamente gringos que iban más allá de la mera cadencia. En el último año, Félix contestaba a sus padres con menos frecuencia en español, y a veces le salían frases que no dejaban de pasmar a Dalia y a Juan. *I hate yoga*, declaró un día cuando Juan le animaba a participar en la clase virtual de su escuela progre, *and I hate you too*. *Gazpacho is terrible*, le espetó en otro momento a Dalia, y cuando su madre le sugirió que lo que no le gustaba no era el sabor sino la consistencia, le cortó en seco: *no, I don't like any of the flavors you cook*. No tiene nada de raro que un chico de cinco años se comunique así, pero sí que sus estados de ánimo se vean tan nítidamente reflejados en su elección de un idioma y no de otro. Para Félix el español es el lenguaje de la autoridad, propuso en un momento Juan, y por eso se rebela contra él. Dalia tenía otra interpretación. Es que hemos criado una bestia americana, me dijo riendo luego de que Félix arrojara su conejo de peluche al suelo y berreara, *But I don't waaaant to eat the sopa de verduras*. Después, Dalia se dirigió a él: venga, Felixito, cómete un poco de sopa y luego te doy algunas galletas, ¿vale? Vaaaleee, rezongó Félix arrastrándose hasta la mesa. Se sentó, tomó un par de cucharadas, y enseguida se levantó para buscar las galletas. Al volver a la mesa, le dio un abrazo a Dalia. Te amo, mami. Dalia nos miró con exasperación y luego le dio un beso violento en la mejilla. Mi querido mamarracho, te amo, te amo, te ha mordido un perro.

Más tarde, mientras Félix dormitaba en el sofá roncando levemente, hablamos de la cantidad de gente que conocíamos que había tenido que ir al hospital en esas semanas por causas ajenas al virus. Justo antes de la pandemia, la misma Dalia se vio obligada a ir a la sala de emergencias por un dolor estomacal y le hicieron una pequeña intervención quirúrgica en el intestino. Nos contó que fue la primera vez que había ido a emergencias en Estados Unidos y que la experiencia le pareció espantosa. Éramos casi cincuenta en la sala, dijo, y no atendían más que tres o cuatro por hora. La mujer que me hizo el check-in en recepción veía videos en su móvil, y cuando le pregunté después de una hora y media si pronto llegaba mi turno, me contestó sin mirarme ni bajar el volumen que ya me iba a tocar. Por suerte, un enfermero que andaba por ahí me vio la cara consternada y me pidió el nombre y apellido para hacer una búsqueda rápida en el ordenador, y finalmente me dijo que pasara. Dalia insistió que sin la bondad del enfermero todavía estaría esperando en esa sala. Juan agregó que si bien estaba convencido de que había ciertos sectores que funcionaban peor en España que aquí, parecía que el sistema de salud en Estados Unidos solamente existía para desmentir la muy mentada eficiencia gringa. Yo les comenté que aún esperaba heredar tal eficiencia, porque con lo que me costaba liquidar las tareas universitarias empezaba a sospechar que en algún momento de la vida había adquirido la famosa lentitud hispana.

Félix emitió un ronquido fuerte, y por un momento, pensé que nos estaba escuchando y que hacía ese sonido como forma de intervenir. Pero luego no hizo más que girar la cabeza hacia el otro lado y volvió a tener la misma respiración pesada de antes. Dalia se quedó pensando un momento y luego me dijo que las salas de emergencia en España tampoco eran la hostia, incluso le había pasado algo muy peculiar en una de ellas. Seguro que has oído hablar de los encierros de San Fermín, prosiguió, cuando tapan la calle con vallas y sueltan los toros para que corran por ella. Bueno, en Orbara, en el pueblo de mi familia, también hacen esos encierros. Una vez, hace muchísimos años, mi hermana y yo estábamos viendo uno desde la acera al lado de nuestra casa cuando de repente una vaquilla cargó contra un señor que estaba del otro lado de la valla. El señor saltó la valla sin mirar y se me cayó encima. Di con una piedra en el suelo y me desmayé. Mi hermana llamó al hospital y me llevaron inmediatamente a emergencias. Allí los médicos me pusieron veinte puntos. El caso es que, una vez finalizada la operación, la enfermera me entregó el trámite que había que firmar para recibir el alta y el documento decía que yo había sufrido una conmoción craneal por embestida de toro. Dalia remató que el diagnóstico les resultaba gracioso no sólo porque la enfermera se había inventado la embestida sino porque el documento hacía pensar en los grandes toros de lidia de las corridas de San Fermín cuando en realidad lo que corrían por las calles de Orbara eran unas vaquillas a las que apenas se les notan los cuernos.

Solté una carcajada y Juan también se rio, aunque me imagino que no era la primera vez que había escuchado la historia. Agarré el cuaderno. Está buenísimo, le dije a Dalia, lo voy a anotar.

Eh, ¿pero qué haces?, protestó Juan. No me mola nada esto.

Pero qué va, Juan, dijo Dalia.

¿No ves que anota la anécdota porque quiere meterla en la novela que ha empezado a escribir?

¿Y qué más te da?, contestó Dalia. Es una historia divertida.

Por favor, Dalia, es lo más estereotipado de España. Llevamos una semana aquí y es la primera vez que anota algo el cabrón.

Eso crees tú, le dije con una sonrisa malvada.

Félix empezó a despertarse y después de un rato vino a sentarse en el regazo de su madre. Bueno, dijo Juan tras un momento, si tanto te fascina lo pintoresco, te voy a contar una anécdota de mi pueblo para tu puñetera novela.

No seas pesado, se indignó Dalia. Ya está, le dije a Juan, no voy a anotar más. Pero Félix se puso animado. *Daddy*, yo sí quiero saber la -nécdota de tu pueblo.

Vale, os la cuento. Se reclinó en el respaldo de su silla y sonrió. ¿Cuáles son las dos cosas más estereotípicas de España? Los toros, ¿y qué más?

El flamenco, ofreció Dalia.

Los pinchos, gritó Félix.

Los españoles, dije yo.

Por dios, qué chungos que sois. Las dos cosas más estereotípicas de España son los toros y... el fútbol. Entonces ¿qué hicieron en mi pueblo?, pues, se inventaron un juego que junta las dos cosas. Es un partido de fútbol en donde los dos equipos se enfrentan con una vaquilla en medio de la cancha. Cuando la bola cae cerca de la vaquilla nadie se atreve a rescatarla. Y cuando cae lejos, la vaquilla se emociona y corre para alcanzarla. Todos se dispersan para que no los pille. Juan se rio. Pobre vaquilla que debe pasarlo muy mal, pero en realidad es un juego muy divertido. Me miró Juan. Le devolví la mirada. No estoy escribiendo nada, le insistí, enseñándole las manos vacías. Nada más escucho tu historia estereotípica que, al parecer, a ti también te está dando gracia y placer.

Esa noche, mientras Dalia preparaba la cena y yo hacía la ensalada, le pedí que me aclarara algunos detalles de la historia sobre Orbara. Le pregunté por la diferencia entre una valla y una reja, y por qué había vaquillas en la calle cuando supuestamente eran festivales de toros. Estaba por contestarme cuando Juan entró de repente a la cocina, y al escuchar lo que estábamos hablando, se frenó bruscamente. ¿Otra vez con los malditos toros? De todas las cosas que hemos hablado en estos días —del sistema alimenticio, del cuidado del otro, de los nuevos modos de ser y de sentir que puedan nacer de esta crisis— ¿lo que quieres poner en tu novela es esto? Eres como el típico guiri borracho: Yo estuve en corrido de toros en Pamplona. Joder, macho, pensé que eras mejor que esto. Le seguí al living y le di un abrazo. Amigo gruñón, le dije, por favor no te enojes conmigo.

Está bien, respondió, si realmente te apetece escribir una novela a lo Hemingway, pues allá usted.

En los siguientes días, nos topamos con toda la fauna que caracterizaba a la región: conejos, ardillas, ciervos, petirrojos, patos, gansos y demás. El jueves a la tarde, mientras yo participaba en una sesión de Zoom, ellos se metieron en el coche y manejaron a una playita que estaba a unas pocas millas del puerto. Cuando volvieron, oí el crujido de la llave en la cerradura y luego un bullicio animado mezclado con los chillidos distintivos de Félix. Según lo que me contaron al entrar al living, mientras caminaban por la arena al atardecer, habían visto emerger del agua una verdadera armada de cangrejos de herradura avanzando por la playa sobre sus patas marchadoras. Los cangrejos se subían los unos encima a los otros, y después de hacer una búsqueda rápida en Google, Dalia se dio cuenta de que estaban presenciando un apareamiento en masa. En medio del espectáculo, Félix había corrido de un lado para el otro mirando desde arriba el comportamiento de esos seres prehistóricos. Dalia confirmó en su teléfono que los cangrejos llegaban a las playas de las bahías del noroeste de Estados Unidos a aparear justo por esta época, específicamente en los días de luna llena o nueva. Es flipante pensar en lo que estábamos viendo, me dijo Dalia ahora, llevan más de 400 millones de años haciendo eso. Además, no tienen miedo de los seres humanos ni nos pueden hacer daño. Según lo que leímos por internet, esa cola puntiaguda que tienen nunca la usan como arma, nada más es para dirigirse en las olas. Félix los miraba y los levantaba, y lo único que hacían con las patas era darle un poco de cosquillas. Son los animales más *friendlies* del mundo.

Esa noche quedamos para hablar por FaceTime con Orlando, un amigo puertorriqueño que había hecho el doctorado conmigo y con Juan y que ahora daba clases en la Universidad de Iowa. Me llegó la llamada mientras Dalia y yo tomábamos vino y Juan estaba en el segundo piso bañando a Félix. Contesté en la computadora, y cuando Orlando apareció en la pantalla, tenía una barba de dos meses y sonreía alegremente. Nos informó que acababa de comer un mofongo de pulpo con carrucho que había cocinado con su pareja esa tarde. Él había pensado en ir a San Juan en algún momento del verano para ver a su familia, pero como su papá tenía complicaciones de corazón, decidió no correr el riesgo. Ahora que sabía que no iba a volver a Puerto Rico, había metido todas sus energías en ampliar su repertorio de gastronomía boricua, haciendo esa especie de homenaje a la isla que no verían por varios meses más. Dalia sorbía su vino lentamente mientras él nos detallaba su método de preparación para el carrucho, y cuando terminó de hablar, ella le describió el apareamiento que habían visto ese día y le comentó a Orlando que la única respuesta a los problemas del mundo la tendrían los cangrejos herradura. Intentó usar la palabra en inglés, *horseshoe crab*, pero se confundió y dijo primero *shoehorn crab* y luego *soft shoe crab*. Los tres nos reímos. Pero va en serio, retomó Dalia después de un momento, ¿cuántos años llevamos los seres humanos en la tierra? ¿Unos doscientos mil? Estos cangrejos existen desde antes de los dinosaurios. Son animales defensivos, pura cáscara, ninguna noción de atacar.

Es que son animales perfectos, observó Orlando.

Exacto, afirmó Dalia, son perfectos.

Y seguramente se comen también, agregó Orlando, para quien la perfección de los cangrejos no les salvaba del gran círculo de la vida en el cual podrían terminar en un plato suyo. Pero Dalia no hizo caso a esta última afirmación. Estaba como ida, bebiendo el vino y mirando hacia el mar. Ahora todo el mundo está revolucionado, sentenció al final, o por el virus o por la luna.

El último martes de mayo salió el esbozo del plan para la reapertura de Nueva York. Según la oficina del gobernador, el siguiente miércoles Long Island entraría en la primera fase de la desescalada. Todavía no habían fijado las fechas para reabrir la ciudad, pero ya se decía que no sería hasta mediados de junio. Ese mismo día, Juan y Dalia me dijeron que pensaban volver a su casa en Brooklyn, pero por petición mía, aceptaron quedarse dos días más. A lo largo de aquellos días, Juan andaba por la casa diciendo que todos lo habíamos pasado bien pero que a ellos les tocaba volver a la ciudad y a mí me tocaba volver a la tranquilidad. En una de esas, Dalia me guiñó el ojo y le contestó: pero hombre, si estamos muy a gusto y él muy acompañado, quedémonos aquí todo el verano. Movido quizás por el deseo de conciliar ambas posiciones, Félix anunció filosóficamente: *Well I really want to stay here forever but I also want to go home tomorrow and play with my toys.* Sus palabras se me grabaron en la mente. Pretendí hacerlas mías.

Quiero quedarme aquí para siempre pero también quiero volver a casa mañana. Es el eterno conflicto entre el deseo por lo ajeno y el deseo por lo familiar. Cuando me hacían la pregunta en Montevideo, ¿y por qué viniste al Uruguay?, atrás casi siempre había otra pregunta más imponente e inquietante: ¿y por qué aprendiste el español? Vivo haciéndome esa pregunta, y vivo pensando que la gente me la está haciendo, aun cuando no la vocalizan. ¿Qué haces aquí hablándonos en nuestro idioma? ¿Qué quieres realmente? ¿No entiendes que el partido se juega en *tu* casa, en tu cancha, que es la cancha mundial? Los escucho, pero admito que me cuesta acatar. El mes pasado una amiga gringa, camaleónica como yo, me dijo que ya hay dos millones de personas sin ascendencia hispana en Estados Unidos que hablan español con fluidez. Y según una búsqueda rápida que hice en internet el otro día, cinco millones de universitarios norteamericanos han estudiado el español en los últimos treinta años. Es un chingo de gente. Me da vértigo especular sobre todos los pensamientos, sueños, deseos, y miedos que han pasado por esos cerebros estadounidenses en un idioma que no es el suyo, y tengo infinita curiosidad por saber cómo han movilizado (y seguirán movilizando) sus millones de cuerpos.

Ese sábado dejé a Juan, Dalia, y Félix en Crown Heights, y regresé a mi casa en Long Island a escribir. En los siguientes meses, las escalas de la reapertura me pasaban casi inadvertidas. Estaba envuelto en el proceso de comprender. Retorné a mis primeros pasos en México, y luego a mi primer y fatídico cruce del Río de la Plata. Eché mano a todo lo que conservaba de esos años—mis emails, mi diario rioplatense, mis ensayos escolares—y fatigué a los amigos con consultas sobre los modismos regionales. Pasé varios meses escribiendo sobre mis andanzas latinoamericanas después del 2006, pero finalmente descarté todas esas escenas, porque intuí que mi rumbo ya estaba determinado cuando se acabó mi estadía en Uruguay. En una de las versiones del final, di rienda suelta a mi fatalismo, interpretando la frase de Félix como una exhortación disimulada a que yo regresara a mi lugar de origen. «Un libro es un refugio espacializado», escribí, «que el autor construye y habita un tiempo antes de marcharse. Ese retiro se vuelve aún más imponente si el autor es extranjero y sabe que las llaves nunca le pertenecerán del todo a él». Resolví cerrar la novela como había cerrado todas las puertas de todos los domicilios que había alquilado en Latinoamérica. Dije que los dejaría tranquilos a ustedes, dije que escribiría mis futuras novelas en inglés. Así lo creí un tiempo.

Sin embargo, en uno de mis peores momentos de desesperación estética, me acordé de una conversación que había tenido con Emilio hacía un par de años en una visita a Montevideo. Él se había referido a nuestra vocación compartida de mirar el mundo con escepticismo, de pensar todo como imposible o en vías de fracasar. Esa lente kafkiana nos ayuda a agudizar la vista, me había dicho, pero a veces también hace que nos olvidemos de las cosas lindas que hemos construido a nuestro alrededor. Al recordar las palabras de Emilio, las de Félix cobraron otro sentido para mí. Entendí de repente que su mensaje no era que yo suprimiera mi deseo de encontrar un lugar en el mundo hispanohablante, sino más bien que aceptara la incómoda paradoja de mi posición.

Quiero quedarme aquí para siempre pero también quiero volver a casa mañana. El truco está en no resolver la disyuntiva. Lo que me toca ahora es construir mi propia morada literaria, sirviéndome de todas las variantes de mi segundo idioma que he hecho mías en el camino. Una casa de ficción erigida con las palabras a mi alrededor. Una casa de ficción erigida en español desde Estados Unidos. Desde hoy empiezo a trabajar. Ya no pido permiso.

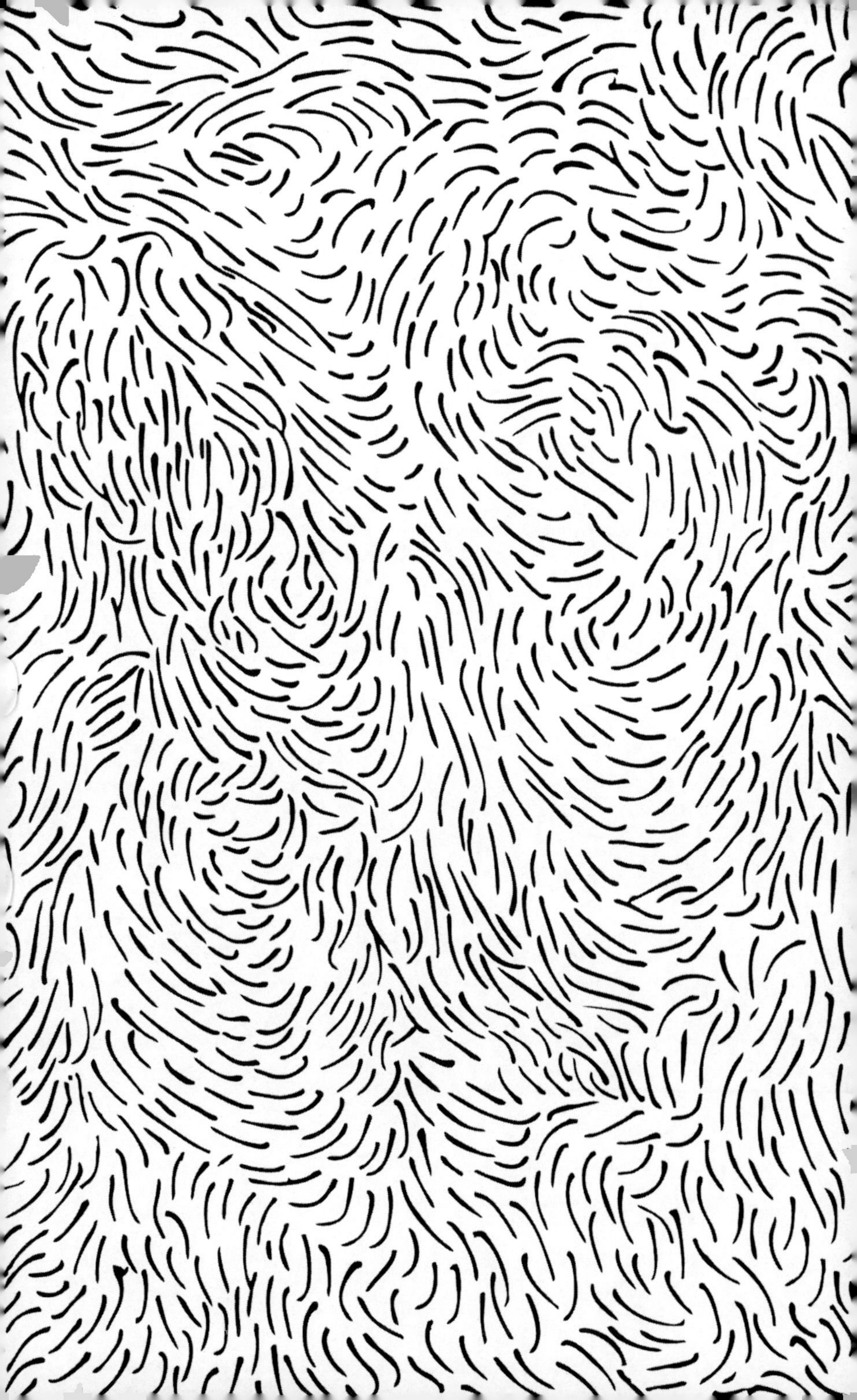